GERMAN PUBLISHING AG

Über das Buch

Die achtziger Jahre, Venice Beach, Kalifornien.
Zeke scheint auf der Sonnenseite des Lebens zu stehen. Er hat eine bildhübsche Freundin und arbeitet als Werbetexter für eine Filmgesellschaft.
Doch die Beziehung steckt in der Krise, der Job ist öde und Zeke verspürt eine Leere, die weder Alkohol, Sex noch Drogen füllen können.
Nach seinem 25. Geburtstag beschließt er, sich das Leben zu nehmen. Obwohl die Lösung seiner Probleme scheinbar so nahe liegt, sucht Zeke eigentlich nur nach einem guten Grund zum Weiterleben.

Über den Autor

Mark Lindquist ist in Seattle geboren und aufgewachsen.
In den 80ern und frühen 90ern schrieb er für verschiedene renommierte Zeitungen und verfasste Drehbücher in Hollywood. Seine Romane Sad Movies (1987) und Carnival Desires (1990) wurden in sieben Sprachen übersetzt.
Lindquist bildete mit Bret Easton Ellis (American Psycho) und Jay McInerney (Die grellen Lichter der Großstadt) das so genannte „literarische Brat Pack", das mit seiner ungewöhnlichen Prosa die Literaturkritiker begeisterte.
Dennoch wandte sich Lindquist 1991 von der Literatur ab. Er zog eine längere Europareise in Erwägung, entschloss sich dann aber zu einem Jurastudium. Heute arbeitet er als stellvertretender Staatsanwalt in Seattle und hat nach zehnjähriger Schreibpause den Roman Never Mind Nirvana veröffentlicht. Die Auszeit hat seiner Popularität keinen Abbruch getan. Never Mind Nirvana eroberte in kurzer Zeit die Bestsellerlisten und das People Magazine zählte ihn kürzlich zu den hundert begehrtesten Junggesellen der USA.

Mark Lindquist

SAD MOVIES

ROMAN

GP German Publishing AG

Aus dem Amerikanischen von Erwin Hösi.
Alle Rechte der Übersetzung bei GP German Publishing AG,
Braunschweig, 2004

Deutsche Erstveröffentlichung
der neu bearbeiteten Originalausgabe

Copyright © 1987, 2003 by Mark Lindquist
Copyright © der deutschsprachigen Ausgabe 2004
bei GP German Publishing AG, Braunschweig

Umschlagbild: Asta Lang
Typographie: Tom Wöltge

Druck und Bindung: Druckerei C.H. Beck, Nördlingen

ISBN 3-936281-04-1

www.german-publishing.de

*„Die höchste Leidenschaft des Menschen ist der Glaube,
und hierin beginnt keine Generation an irgendeinem anderen Punkt
als dort, wo schon die vorherige begonnen hat,
jede Generation beginnt noch einmal ganz von vorne."*

Søren Kierkegaard

1. Akt

Ich frage mich, warum ich mich nicht umbringe.
Ich frage mich, warum ich mich das frage, und sage mir dann, dass ich nicht so denken und mir besser eine Zigarette anzünden sollte.

Es ist etwa drei Uhr früh.

Ich stehe hier im Schlafzimmer meiner Wohnung und versuche die Welt verschwinden zu lassen, indem ich aus dem Fenster auf den Ozean und auf den fast vollen Mond schaue, und indem ich dem Rhythmus der Wellen lausche.

„Ich dachte, du wolltest ins Bett gehen?", sagt Becky vom Bett.

Ich drehe mich nicht zu ihr um.

„Okay?", sagt sie.

„Nein."

Sie lacht. „Nein, du bist nicht okay – oder nein, du kommst nicht ins Bett?"

„Beides."

„Ich dachte, du wolltest noch etwas schlafen."

„Das tue ich doch."
„Im Stehen?"
Pause.
„Pferde schlafen so", sage ich.
„Pferde haben so auch Sex."
Ich weiß, dass sie lächelt.
Das Problem, eines der Probleme ist, dass ich eigentlich schlafen will. Das beunruhigt mich.

In dem anderen Zimmer meiner Wohnung ist eine Party und in diesem Zimmer ist Becky, und alles was ich eigentlich will, ist, mich alleine hinzulegen und eine Ewigkeit lang zu schlafen. Angesichts einer vom Wahnsinn gezeichneten Familiengeschichte habe ich die Befürchtung, dass mich das näher an meine Wurzeln bringt, als mir lieb ist.

„Ich bin der Weg, die Wahrheit und das Leben; niemand kommt zum Vater denn durch mich."

Auf dem Gehweg unter meinem Fenster zieht eine der Gestalten aus der Nachbarschaft vorbei und brüllt diesen Satz. Er trägt eine Windel und ein drei Meter hohes Holzkreuz.

„Ich bin der Weg, die Wahrheit und ..."
„Du bist verrückt", schreie ich zu ihm hinunter.
„Wen schreist du denn da an?", fragt Becky.
„Den Betrunkenen mit dem Kreuz."
„Ach so", sagt Becky, „den."
„Ich bin der Weg, die Wahrheit und das Leben; niemand kommt zum Vater denn durch mich."
„Beweis es!", schreie ich.

Er schaut nicht zu mir hoch. Vielleicht denkt er, dass meine Seele bereits verloren ist.

Ich konzentriere mich wieder auf den Ozean: das größte Gewässer der Welt. Plötzlich bin ich mir nicht mehr sicher, ob ich Darwins Evolutionstheorie vollständig zustimmen kann. Ich bin nicht in der Lage, mich im

Sushi-Laden auf dem Sunset-Boulevard zu entscheiden, geht es aber um die großen Fragen, bin ich schnell dabei.

Ich frage mich, woran ich glaube.

„Woran denkst du?", fragt Becky.

„Was?"

„Worüber denkst du nach?"

Ich zucke mit den Schultern, werfe meine Zigarette aus dem Fenster und schaue ihr nach, wie sie durch die Dunkelheit trudelt. Noch bevor sie landet, zünde ich mir eine neue an.

Ich weiß nicht, woran ich glaube.

Und doch, eine Sache weiß ich, ich weiß, dass sie irgendwo da draußen ist: die Pest. Und ich weiß, dass ich nicht der einzige bin, der sie sieht – ich weiß, dass die Leute auf der Party im Nebenzimmer entweder darüber reden oder darum herum.

Ich kann sie hören, sie, die glauben, dass es ein Frevel sei, eine Party zu verlassen, bevor es draußen hell ist. Obwohl ich wegen der Lautstärke der Replacements nicht genau verstehe, was gesagt wird, kann ich das Übliche hören: Filme und Geld und Werbung und Fernsehen und Herpes und Aids und Terroristen und atomare Vernichtung und Gelächter.

Ich gehe zum Radiorekorder und schalte ein, was gerade drin ist, „*… I find it kind of funny, I find it kind of sad, the dreams in which I'm dying are the best I've ever had …*" Tears for Fears natürlich. Es übertönt die Geräusche aus dem anderen Zimmer.

„Komm ins Bett", sagt Becky.

Ich drehe mich zu ihr um. Sie lächelt vage und ihr Körper ist braun gebrannt und ihre kleinen Brüste sind weiß. Ich gebe mich geschlagen. Ich krieche unter die Bettdecke, aber Becky zieht mir die Bettdecke weg und dann meine Shorts aus.

Zwei Nackte im Mondlicht.

*

Geht nicht, versuch's weiter.

Verzweifelter Kuss, Kuss, Berührung, Berührung, Keuchen, Keuchen, Seufzen, und die Kassette läuft aus, und die Lust wird schal, und wir beide nehmen hin, dass Zeke Junior heute nacht nicht spielen wird.

Ich taste nach meinen Camels – das Wort CHOICE fällt mir von der Schachtelseite ins Auge – und ich zünde mir eine Zigarette an, während wir dem Feedback von Jesus and Mary Chains „Psychocandy" auf der Anlage im anderen Zimmer zuhören. *„I never thought this day would ever come, when your words and touch just left me numb …"*

„Du bist ganz schön betrunken", sagt Becky.

„Aber nicht so betrunken."

„Nein?"

„Nein."

„Na ja …" Becky grinst. Gott sei Dank. Sie hat einen Blick, der all den Ärger und die ganze Ironie so absurd erscheinen lässt wie MTV.

Ich erinnere mich daran, wie sie einmal gesagt hat, dass alles andere egal sei, wenn man verliebt ist, und wie sie dabei so klang, als meinte sie das ernst. Ich habe darauf etwas Lustiges entgegnet, natürlich, aber eigentlich gedacht, dass das ein sehr guter Gedanke ist, den man nur nicht laut aussprechen sollte.

„Zeke, willst du reden?"

„Worüber?"

„Über was auch immer dir auf dem Herzen liegt."

„Was liegt mir denn auf dem Herzen?"

„Das weiß ich nicht."

„Ich auch nicht."

Pause.

Ich will reden. Ich weiß bloß nicht, was ich sagen soll.

„Vielleicht solltest du noch etwas trinken", schlägt Becky vor.

Obwohl sie wahrscheinlich scherzt, gehe ich nackt in die Küche und mache mir einen J&B auf Eis. Die paar restlichen Partygäste nehmen meine Nacktheit anscheinend gar nicht wahr und faseln weiter darüber, ob Herpes und Aids Zeichen Gottes sind oder einfach nur Pech.

Ich überlege mir, ob ich sie nicht nach Hause schicken soll, entschließe mich dann aber, nicht zu zerstören, was auch immer sie zusammenhält, und lasse es bleiben.

Ich kehre mit dem Drink zurück und setze mich neben Becky aufs Bett. Wir trinken ihn zusammen und rauchen dazu. Ich Camel ohne, sie Camel Lights. Mir schwebt ein Bild von uns vor Augen, das mich an eine Zigarettenreklame denken lässt. Krank, ich weiß.

Das Band – die Beziehung, das undeutliche Etwas, das sie davon abhält, mich zu verlassen oder mich totzuknüppeln – scheint sich in unserem Schweigen wieder aufzubauen.

Jemand im Nebenzimmer nimmt die Jesus-and-Mary-Chain-Platte runter, legt die Smiths auf und jagt die Lautstärke hoch, *„I am human and I need to be loved, just like everybody else does ..."*

Ich höre eine Weile zu und mag das Stück jetzt lieber als damals, als ich es die ersten paar Male gehört habe. Ich frage mich, was meine Nachbarn denken.

„Wir müssen reden", sagt Becky endlich.

„Worüber?"

„Über irgendetwas. Egal was." Becky kann ein unschuldiges Wort in eine emotionale Lawine verwandeln. Eines der Probleme dabei, mit einer zweiundzwanzigjährigen Schauspielerin zusammenzuleben, ist die chronische Angst davor, dass sie schauspielert.

„Was wir hier haben", sage ich, „ist Unfähigkeit zur Kommunikation."

„Was wir brauchen" – Becky nimmt einen Südstaaten-Akzent an, der auf beunruhigende Weise an Strother Martin erinnert – „ist, dass du mal wieder zu dir kommst, Luke."

Ich liebe „Den Unbeugsamen". Becky liebt Paul Newman.

„Sollen wir mit einer Decke aufs Dach gehen?", fragt sie, wieder mit ihrer eigenen Stimme.

Ich schüttele den Kopf und denke an all die Nächte, die wir unter den Sternen gelegen und uns Geschichten über Zivilisationen in fernen Galaxien ausgedacht haben. Becky denkt sich Utopien aus, ich lebende Höllen.

„Eine Autofahrt? Zum Flughafen?", sagt sie.

Ich schüttele den Kopf und denke an unsere Nächte in Playa del Rey, wie wir im geparkten Cabrio unter den zur Landung ansetzenden Flugzeugen guten, verzweifelten Sex hatten.

„Ein Pornovideo?"

Ich schüttele den Kopf und frage mich, warum sie das wohl sagt. Ich schaue sie an und sie lächelt.

„Ein Scherz", sagt sie.

„Ja."

„Weil du Pornos ja so lustig findest."

„Gute, anregende Unterhaltung", sage ich. „Genau wie die Bibel."

„Und du solltest aufhören, dir Fernsehprediger anzuschauen."

„Ich will das Schlechteste sehen, und sie sind nun mal das Schlechteste."

„Star Search?"

„Okay", gebe ich zu, „das ist noch schlimmer".

„Lifestyles of the Rich and Famous?"

„Warum tust du mir das an?"

„Denver Clan?"

„Ich muss schlafen", sage ich und drücke meine Zigarette aus.

„Aber wir unterhalten uns gerade. Das ist unsere erste Unterhaltung seit einer Woche."

„Wir unterhalten uns nicht, wir necken uns nur."

„Neckerei ist das Vorspiel eines jeden guten Gesprächs", sagt sie. „Ich glaube, das hast du einmal gesagt."

Ich verleugne, jemals etwas Derartiges gesagt zu haben und gebe ihr einen Gute-Nacht-Kuss.

Wir liegen still, aus dem anderen Zimmer dringt Musik. *"You say it's going to happen now, but when exactly do you mean? See, I've already waited too long and all my hope is gone …"*

Ich weiß, dass es mit dem Schlafen zur Hölle nichts mehr wird. Tagsüber verdrängte Gedanken lehnen sich nachts auf.

Ich gehe ins Bad und klinke ein paar blaue Valiums aus einer der rezeptpflichtigen Flaschen, die ich vor Monaten von meiner Mutter mitgenommen habe. Zurück auf dem Bett, spüle ich die zehn Milligramm mit einem Whisky runter.

Ich warte darauf, dass die Tabletten mich ein wenig zur Ruhe bringen.

„Soll ich dir den Rücken massieren?", fragt Becky.

„Du bist großartig."

„Alles ist relativ."

Nach einem Klaps lache ich und lege mich hin. Ihre Hände fangen mit dem Hinterkopf und dem Nacken an. Talentierte Hände, die sich entlang der Wirbelsäule herunterarbeiten, wo ihre Berührungen sanfter werden, und dann ganz hinab bis zu den Fußsohlen gehen.

„Himmel … Himmel … Himmel", murmle ich in unregelmäßigen Abständen.

„Psst", sagt sie. „Entspann dich. Alles wird gut."

„Schön. Ich mag Überraschungen."

„Psst", wiederholt sie lachend. „Schlaf ein."

Endlich spüre ich, wie mich der Schlaf übermannt, während bläuliches, frühes Dämmerlicht durch die Jalousien zu sickern beginnt.

„Alles Gute zum Fünfundzwanzigsten", meine ich, sie noch sagen zu hören.

*

Lautes Rauschen, dann *„they're after you with their promises, promises of love …"* – der auf KROQ eingestellte Radiowecker geht los.

Ich stolpere blind ins Bad, nehme mir eine Shampoo-Flasche und gehe unter die Dusche, wo ich der Zweckmäßigkeit halber pinkele.

Ich fange an, mir das Shampoo ins Haar einzumassieren. Als es nicht schäumt, bemerke ich, dass es sich um Sonnenmilch handelt. Ich sollte darüber lachen, gehe stattdessen aber fast an die Decke. Ich setze mich unter den Duschstrahl und lasse das Wasser auf mich herabregnen, mich beruhigen, bis es kalt zu werden beginnt.

Während ich mich anziehe, staune ich über Beckys Schönheit. Sie hat den Radiowecker ausgestellt und scheint zu schlafen. Hageres Mädchen, volle Lippen. Ich bin mir nicht sicher, ob die dunkelrote Farbe natürlich ist oder ein Rest Lippenstift. Ich habe das Gefühl, ich sollte das wissen.

„Du bist ein Engel", sage ich ohne Grund.

Becky macht ein Tiergeräusch und dreht sich auf die andere Seite.

Ich ziehe das Übliche an: ungebügelte Khakis, ungebügeltes weißes Button-Down-Hemd und L.L.Bean-Mokassins. Mir fehlt die Motivation, neues Kleidungsterrain zu erkunden. Ich stecke das Hemd nicht rein, weil ich groß gewachsen bin, und weil ich weiß, dass es irgendwann ohnehin wieder herausrutschen wird – und überhaupt, was macht es schon für einen Unterschied?

In der Küche fülle ich Wasser in die Mr.-Coffee-Maschine, und da ich mich immer noch hundsmiserabel fühle, kippe ich auch etwas Whisky dazu. Ich verbringe etwa zwei Minuten mit dem Versuch, ein paar Müsliriegel zu kauen, spüle dann eine Hand voll Vitamine mit einer Tasse Mr.-Whisky-Coffee herunter und bin fertig.

Ich kann jedoch meine Ray-Ban nicht finden. Schockschwerenot.

Ich suche an den nahe liegenden Stellen, inklusive meiner Jackentasche, kann sie aber immer noch nicht finden. Schließlich stehe ich inmitten der Wohnung da, verwirrt, frustriert und entnervt.

Ich beschließe, dass das Büro warten muss, bis ich meine Sonnenbrille gefunden habe.

Dann entscheide ich klugerweise, die Suche aufzugeben.

Schon fühle ich mich besser. Da mein Körper nach einem ordentlichen Frühstück bettelt, öffne ich den Kühlschrank, um nach den Vorräten zu sehen. Gleich neben dem Tomatensaft liegt meine verdammte Sonnenbrille.

„Fuck."

*

Mein Frühsport besteht daraus, das kaputte Stoffdach von Hand zu schließen. Wie von einem im späten Empire-Stil gehaltenen amerikanischen Cabrio nicht anders zu erwarten, fällt es langsam auseinander.

An diesem Morgen hat, wie an so vielen anderen, irgendeine religiöse Gruppe ihr Flugblatt an meiner Windschutzscheibe hinterlassen. Es verheißt mir das Jüngste Gericht und gibt mir heiße Tipps für mein Seelenheil. Ich bewahre es zusammen mit all den anderen in meinem Handschuhfach auf.

Ich fädle in den Strom auf den Santa-Monica-Freeway ein, rauche, huste und krieche mit der Masse durch den smog-umhüllten Morgenverkehr. Im Radio läuft zu viel Werbung, und dieser unglaublich unhippe DJ mit australischem Akzent spricht, als müssten wir so dumm sein wie er, nur weil wir ihm zuhören – ich weiß nicht, warum mich dieser Typ nicht schon früher genervt hat. Ich schiebe eine Kassette von X, einer kleinen Band aus L.A., rein. *„I must not think bad thoughts, what is this world coming to …"*

Ich spüre, wie sich meine Muskeln anspannen.

Mein Gewissen beklagt sich über die Arbeit, der ich heute nachgehen werde. Ich befehle meinem Gewissen, den Mund zu halten und sich der modernen Welt anzupassen.

Ich habe einen Traum: es durch den Tag zu schaffen. Es durch den gottverdammten Tag zu schaffen, ohne dabei Gedanken an Selbstmord, Mord oder etwas Schlimmeres zu bekommen – was es auch immer Schlimmeres geben mag.

Und dann heißt es doch, in dieser Stadt seien Träume billig zu haben.

✶

Die Büros von Big Gun Films nehmen die oberen sechs Stockwerke eines heruntergekommenen Gebäudes ein, das in einer schäbigen Gegend Hollywoods liegt. Alles an Big Gun Films ist schäbig und heruntergekommen. Die Industrienorm ist Mittelmaß, Big Gun Films aber will mehr.

Zwei Araber und ein amerikanischer Autohändler haben diese kleine Filmgesellschaft gekauft, die sich auf Low-Budget-Streifen für Jugendliche spezialisiert und dabei das Unmögliche geschafft hat: die Produktqualität zu mindern. Natürlich ist mit dem Absinken der Qualität ein Aufschwung der Einnahmen einhergegangen.

Dann hat Big Gun mit einem Pharma-Laden fusioniert, aber aus irgendwelchen betriebswirtschaftlichen Gründen, die ich nicht verstehe oder aber nicht verstehen will, haben die Araber und der Mercedeshändler das Kontrollrecht behalten. Die einzige Konsequenz der Fusion ist, dass in allen Big-Gun-Filmen die richtigen Marken für Kopfschmerzmittel, Deodorants, Klopapier usw. benutzt werden.

Es gibt einige wenige integre Regisseure, die so nicht arbeiten wollen. Was für Big Gun allerdings kein Problem darstellt – es werden einfach nur ehrlose Söldner eingestellt.

Mein Job besteht daraus, schlechte Werbetexte für schlechte Filme zu schreiben.

Ich habe diesen Job, da ich nach dem College-Abschluss fast ein Jahr damit zugebracht habe, mich in Europa zu betrinken. Als ich nach L.A. zurückkam, wurde ich nicht gerade mit Arbeitsangeboten überhäuft, und ein Typ, mit dem ich auf die University of South Carolina gegangen war, meinte, er könne mich bei Big Gun reinschleusen. Ich bedankte mich bei ihm. Ich war noch einigermaßen unschuldig und wusste es nicht besser.

Heute treffe ich mit meiner normalen halbstündigen Verspätung im Büro ein und bekomme einen Anruf von Peg, die mir sagt, dass ich meinen Postertext für das T-Team neu schreiben muss. Ein Film über neun

Las-Vegas-Showgirls, die als Anti-Terror-Schwadron angeheuert werden.

Peg, die an ihre Stellung als stellvertretende Leiterin der Öffentlichkeitsarbeit durch eine Affäre mit dem Mercedes-Händler gekommen ist, sagt mir, mein erster Entwurf habe nicht den Qualitätsstandards genügt.

Die Eigentümer von Big Gun wissen zwar nicht viel über die Produktion amerikanischer Spielfilme, doch sie wissen, wie man in Amerika Geld macht – mit Werbung. Deshalb begutachten sie jeden Werbetext und jeden Entwurf höchstpersönlich. Peg sagt mir, dass meine Texte in letzter Zeit nicht besonders gut bei den hohen Tieren angekommen seien. Ich habe gute Lust, ihr zu sagen, dass meine Texte einfach zu hoch für ihre ausländischen Schädel gewesen sind, doch dann erinnere ich mich an meinen heutigen Traum – es durch den gottverdammten Tag zu schaffen – und kündige ihr an, dass sie noch vor Feierabend irgendeinen genialen Werbetext auf ihrem Schreibtisch haben wird.

Ich frage mich, warum ich in diesem Kontext das Wort ‚genial‘ benutze.

Sie fragt mich nach meinen anderen Aufträgen – größtenteils Pressemappen-Schwachsinn, der an die Medien verschickt wird. Ich bin derjenige, der für die Big-Gun-Schauspielerinnen und -Schauspieler fiktionale Biographien entwirft, damit die Unterhaltungs-Journalisten, oder -Clownalisten, wie sie in der Branche auch genannt werden, Artikel schreiben können, die sich wie Einzelinterviews lesen, obwohl die zeichnenden Autoren nie mit der jeweiligen Person gesprochen haben.

Eine Kopie einer solch prototypischen Kostprobe ist an meinen Schreibtisch geheftet:

Er ist jung und er ist ein Filmstar und sein Leben ist wahnsinnig locker. Sie wären bestimmt auch gerne einer. „Ich wäre definitiv gerne ich, wenn ich nicht ich wäre", sagt Robert.

Ein junger Schauspieler hat mir dabei geholfen, das zu verfassen. Wir hielten es beide für ziemlich komisch, besonders als es aufgegriffen wurde und fast wortwörtlich von verschiedenen überregionalen Zeitungen abgedruckt wurde.

Ich sage Peg, alles sei tipptopp und vielen Dank.

Sie ermahnt mich wegen wiederholter Verspätungen, woraufhin ich sie warne, dass ich nicht in der Stimmung für den üblichen Bockmist sei. In meinem Tonfall muss etwas Bedrohliches mitschwingen, da Peg, die nicht gerade dafür bekannt ist, Rücksicht auf die Gefühle oder gar Kater ihrer Angestellten zu nehmen, sagt: „Schon gut, Zeke, ist ja schon gut." Und dann sagt sie, sie freue sich auf meinen Werbetext für das T-Team.

Ich lege auf und starre auf die blaue IBM Selectric.

Ich tippe:

Das T-Team kommt
Zu einem mehrkalibrigen Höhepunkt

Ja, das ist schlecht, aber ich frage mich, ob es schlecht genug ist.

Ich versuche es mit etwas Kürzerem:

Ein ekstatisches Abenteuer

Etwas länger:

Sie kommen als Tänzerinnen
und gehen als Mörderinnen

„Genug", verkünde ich ins Leere.

Im Kaffeeraum mampfe ich einen der billigen Müsliriegel, die von der Firma gestellt werden. Ich erinnere mich daran, als ich in meiner ersten Arbeitswoche hier reinkam und wie auf ein Stichwort eine der Glühbirnen durchbrannte. Das war vor sechs Monaten, und bislang wurde sie noch nicht ausgewechselt.

Ich rauche eine Camel und schaue dem Tropfen der Kaffeemaschine zu, während einige Sekretärinnen reinkommen, um über Madonna und Sean und über die neuen Sodomiegesetze zu tratschen. Zu diesem Thema habe ich nichts beizutragen.

Ich gehe weiter zur Männertoilette, setze mich in eine Kabine und rauche noch eine Zigarette, während ich die Klosprüche lese. Über diesen einen in die Wand gekratzten muss ich lachen:

„SIE BRINGEN MICH UM"

Darunter hat jemand mit Bleistift geschrieben:
„Wer?"
Ich beschließe, die ausstehende Antwort einzukratzen:
„Du weißt schon wer – SIE"

*

Irgendwann spaziere ich zur Grafikabteilung, um mich von dem T-Team-Poster inspirieren zu lassen und um Wendy und Susie zu besuchen.
„Zeke!", ruft Susie.
„Tür zu", sagt Wendy.
Ich gehe an den Arbeitsnischen der anderen Künstler vorbei, die entweder an ihren Skizzen sitzen oder schlafen oder so früh noch gar nicht da sind.

Wendy und Susie sind zusammen in Susies Nische. Die kleine Wendy trägt ausschließlich schwarz und raucht und wirkt wie immer gelangweilt. Die große Susie trägt ungefähr zehn Kilo schwere Ketten und Anhänger. Sie raucht und schreibt etwas, vermutlich wieder eines ihrer Gedichte.

Die beiden sind mit ein Grund dafür, warum ich an diesen Ort der täglichen Schande zurückkehren kann. Die beiden und meine hohen Kreditkartenschulden.

Eines von Susies Gedichten aus dem letzten Monat steht noch über ihrem Zeichenbrett, mit schwarzem Edding an die Wand gekritzelt:

Wozu ein Boot
Wenn dir die Anlegestelle fehlt
Wozu ein Schwanz
Wenn dir meine Muschi fehlt

Darunter, in kleineren Buchstaben, meine Antwort:

Wozu Urlaub an den Niagara-Fällen
Wenn Du zu Hause bleiben kannst
Mit meinen blauen Eiern

„Warum hat das noch niemand weggemacht?", frage ich.

„Das ist Poesie", sagt Susie.

„Die Welt braucht Gedanken dieser Art", fügt Wendy hinzu.

„Genau", sagt Susie. „Wir alle brauchen Kunst in unserem Leben."

„Kunst", wiederholt Wendy, „Kunst und Schönheit."

„Hattest du irgendwelche neuen Offenbarungen, die du niederschreiben möchtest?", fragt Susie.

„Nein", sage ich, „Ich bin hier in T-Team-Mission."

„Willst du das Poster sehen?"

„Das sollte ich wohl besser."

„Lass mich das hier erst fertig machen", sagt Susie, klopft das Metrum ihres Gedichts auf den Tisch und schreibt das Wort Penishirne.

„Wie war die Party gestern Abend?", fragt Wendy.

Ich zucke mit den Schultern.

„Tut uns leid, dass wir nicht da waren."

„Gab es eine Orgie?", will Susie wissen.

„Natürlich", sage ich.

„Echt?", sagt Susie.

„Nein", sagt Wendy.

„Woher willst du das denn wissen?", sage ich.

„Ich weiß es halt", sagt Wendy.

„Wieso glaube ich dir eigentlich immer, Zeke?", fragt Susie.

„Weiß ich nicht."

„Susie!", ruft irgendein Typ, „kannst du mir deine Reißschiene rüberwerfen?"

Susie schleudert ihre Reißschiene nach ihm, sodass er sich ducken muss. Sie fliegt an ihm vorbei und schneidet einen Schlitz in ein Brooke-Shields-Werbeposter. Niemand gerät dadurch aus der Fassung.

„Wir wollten zu deiner Party kommen", sagt Susie und dreht sich zu mir zurück, „Wir waren schon auf dem Weg, haben aber im Frolic Room diese Typen getroffen, und die hatten Koks, und dann, danach …"

„… Oh stimmt ja", schneidet Wendy Susie das Wort ab, „Wir haben ein Geschenk für dich. Komm mal mit."

Wendy schnappt sich ihren Geldbeutel, während Susie ihr Gedicht zerknüllt und in den Papierkorb wirft.

„Ich sollte mir das Poster anschauen", erinnere ich sie.

„Das habe ich gemacht", sagt Susie. „Es ist verdammt cool."

Ich folge ihnen den Gang runter in die Dunkelkammer. Wendy verschließt die Tür, knipst ein rotes Licht an, holt einen kleinen Spiegel heraus und fängt an, kleine Lines zu legen.

Was von meinem Verstand noch übrig ist, bittet mich abzulehnen.

„Mein Gott", sagt Wendy, „ich hasse es, hier zu arbeiten."

„Hier ist so viel negative Energie. Ich spüre, wie sie an mir saugt wie dieses Wesen bei ‚Star Trek'. Hast du die Folge gesehen? Mit der Kreatur, die sich als etwas Liebenswertes ausgibt, damit du näher kommst, und sich dann wieder zurückverwandelt? In dieses wirklich eklige krakenartige Wesen, das dich vollkommen aussaugt?"

Ich nicke. „Ja, habe ich gesehen."

„So fühlt sich das hier für mich an."

„Ich kann jeden Moment gefeuert werden", fügt Wendy hinzu.

„Ich auch", sagt Susie.

„Ich kann mir nicht vorstellen, warum euch irgendjemand feuern sollte", sage ich, offensichtlich scherzend.

Beide nicken, als hätte ich etwas Wahres gesagt.

Wendy reicht mir einen Strohhalm.

Meine Nase zuckt.

„Nachträglich alles Gute zum Geburtstag", sagt sie.

Des Rituals und nicht des Rauschs halber ziehe ich eine Line und gebe den Strohhalm an Susie weiter, die das Gleiche tut und den Strohhalm an Wendy weitergibt, die das Gleiche tut und ihn mir zurückgibt. „Mir muss noch irgendein Wahnsinns-Werbespruch für das T-Team einfallen", sage ich und verderbe damit die Stimmung.

„Wie wäre es mit ‚Schauen Sie sich diesen beschissenen, idiotischen, ausbeuterischen, potenziell hirnzersetzenden Film nicht an'", schlägt Wendy vor.

„Das ist gut", pflichtet ihr Susie bei.

„Hervorragend", sage ich, „aber ich habe dieses furchtbare Gefühl, dass mein Job diese Woche auf der Kippe steht. Ich weiß nicht warum, aber die Guillotine scheint in der Luft zu hängen."

„Blödsinn", sagt Wendy, „Peg liebt dich."

„Sie liebt dich", nickt Susie.

„Ich wüsste nicht, warum."

„Sie ist doch verrückt nach gut aussehenden Typen", sagt Susie.

„Nach allen möglichen Typen", sagt Wendy.

„Ich werde versuchen, sie daran zu erinnern, wenn sie mich feuert", sage ich und ziehe noch eine Line.

„Sie wird dich nicht feuern." Susie nimmt ihre Line.

„Du könntest froh sein, wenn sie das täte", sagt Wendy und nimmt ihre. „Aber das wird sie nicht."

Wendy wischt mit ihrem Finger über den Spiegel und steckt ihn sich dann in den Mund, während Susie mit ihrem Finger über den Spiegel wischt und ihn in meinen Mund steckt.

Wir starren einige Augenblicke lang auf den leeren Spiegel.

„Du wolltest das Poster sehen?", fragt Susie.

Ich nicke, im Geiste einverstanden mit der Vergangenheitsform, die sie verwendet.

Während wir den Flur entlanggehen, erzählt Susie von einer ‚Brady Bunch'-Folge. „Jan ist angenervt, weil sie so eine übergroße Familie hat und jeden Scheißkram mit allen teilen muss. Sie geht den anderen mit ihrem Gerede, dass sie so gerne keine Milliarde Brüder und Schwestern hätte, dermaßen auf den Keks, dass die anderen Kids einen Plan aushecken."

Susie schaut mich an.

„Ich glaube, die Folge habe ich nicht gesehen", sage ich.

Das Koks beginnt anzuschlagen. Halleluja.

„Es ist klassisch", fährt Susie fort. „Die anderen Kids fangen an, Jan so zu behandeln, als habe sie keine Brüder und Schwestern, und sie fängt natürlich an, sich einsam und ausgegrenzt zu fühlen."

„Aber dann ruinieren sie es, indem sie ein Happy End anhängen", sagt Wendy, „Stimmt's?"

„Natürlich", sagt Susie.

„Natürlich."

„Jan wird klar, dass sie über ihre Familie und alles froh sein sollte", sagt Susie.

„Ich gucke lieber Gameshows", sagt Wendy und dreht zum Kaffeeraum ab.

„Wendy wird nie glücklich werden", sagt Susie, „bevor sie nicht eine gute ‚Brady Bunch'-Folge zu schätzen lernt."

Susie führt mich in einen vollgepackten Raum, in dem Angestellte der Grafikabteilung irgendwelche geheimnisvollen Handlungen vollziehen. Sie zeigt mir eine Persiflage auf das T-Team-Poster: Darauf sieht man dreizehn übertrieben üppig ausgestattete Mädchen, die schwere Feuerwaffen gepackt halten. Das tun sie in den phallischsten Posen, die sich Susies sexfixiertes Hirn ausmalen konnte. Grafische Illustration wurde Fotografie vorgezogen, weil die Schauspielerinnen im T-Team aussehen wie verbrauchte Playmates, was zwei von ihnen auch tatsächlich sind. Susies Versionen sehen irgendwie alle nach mannstollen, pubertierenden, katholischen HighSchool-Mädchen aus, die auf der Flucht vor lesbischen Nonnen sind.

„Ist es geil genug?", fragt mich Susie. Sie meint es ernst.

„Ein bisschen subtil", sage ich, „aber es funktioniert."

„Erkennst du die unterschwelligen Botschaften?"

Ich sehe genau hin. „Nein."

Susie zeigt sie mir fröhlich, indem sie mit ihrem Finger über die Wörter Sex und Ficken und Lecker und Cunnilingus fährt, die großzügig über die ganze Fläche verteilt in alles einradiert sind. Gerade so schwach, dass sie dem bewussten Blick entgehen, außer diesem ist klar, wonach er sucht. Das ist ein Standardprinzip der Werbegrafik, doch Susie ist stolz auf ihre Exzesse. Sie fährt mit dem Finger über körperlose Penisse, die zwischen den Beinen der Mädchen herausragen, über kleine Pärchen, die es auf Gewehrkolben miteinander treiben und über Totenköpfe, die an Stelle von Brustwarzen auf Brüsten prangen.

„Und sieh dir das an", sagt sie stolz.

Sie umreißt einen schemenhaften, nach vorne gebeugten Mann mit Erektion, der hinten eines der Gewehre der hübschen Mädchen reingeschoben bekommt.

„Genial", sage ich.

*

Wieder allein starre ich wie zuvor auf die blaue Selectric. Mir fällt kein Werbeslogan ein, der schlecht genug wäre, als dass er zum T-Team passen könnte.

Das Koks jedenfalls bewirkt, dass ich etwas tun möchte, also fange ich an, mich in meinem Stuhl im Kreis zu drehen. Einmal und noch einmal und noch einmal, und schon kommt mir dieser heimtückische Song in den Sinn: „*You spin me right round, baby, right round, like a record, baby ...*"

Ich halte wieder an, bevor ich ohnmächtig werde und nehme mir die Los Angeles Times vom letzten Sonntag. Ich blättere zum Wochenkalender, weil ich mir immer andere Filmslogans anschaue, wenn mir partout nichts einfallen will. Deprimierend, aber ich bin verzweifelt.

Ich entdecke einen diebstahlwürdigen Spruch in einer Werbung für einen neuen Matt-Dillon-Film:

Der Krieg machte ihn zum Mann
Die Liebe machte ihn zum Helden

Ich denke mir eine Variante davon für das T-Team aus:

Der Krieg machte sie verrückt

Die Liebe machte sie wahnsinnig
Nicht katastrophal genug.
Der Krieg machte sie zu Frauen ...
Der Sex machte sie verrückt
Nein, nein, nein.

Ich studiere die Werbung für eine angebliche Comedy namens „Vasectomy".

Alles, was Sie immer wollten
Von einer Ehe ... und NOCH WENIGER!!!
Mich beeindrucken die drei Ausrufezeichen.

Ich blättere um und stoße auf den Men's Club.
The Breakfast Club
Der große Frust
Und jetzt
The Men's Club
Erwachsen werden ist hart.
Semi-originelle Filme zu machen ist sogar noch härter.

Mir fällt kein einziger Film ein, der sich mit dem T-Team vergleichen ließe. Auch winzige Gefälligkeiten sollten Gott gedankt sein.

Auf der nächsten Seite eine Anzeige für Crocodile Dundee.
Ein bisschen von ihm steckt in uns allen.
Ich will Crocodile Dundee nicht in mir stecken haben.

Ich bekomme Kopfschmerzen. Ich lege den Kalender weg und reibe mir die Schläfen. Da es nicht hilft, lege ich mich auf den Fußboden und versuche mich zu entspannen.

Pain, pain, go away, come again some other day.

Ich versuche, mich auf gute Gefühle zu konzentrieren, auf ermutigende Gefühle, auf Gefühle, die den Schmerz abtöten ...

Plötzlich kommt mir eine Idee. Ich stehe auf und tippe sie ein:

THE T-TEAM – THIS IS ONE JOB THEY CAN'T BLOW!

Ich lasse das Mittagessen ausfallen und mache ein Nickerchen in meinem Büro. Als ich wieder aufwache, setze ich mir die Sonnenbrille auf, da die gottverdammte Sonne genau durch mein Fenster knallt. Ich zünde mir eine Zigarette an und gehe die bisherigen Werbesprüche durch.

Der mit dem Blowjob ist mit Abstand der beste.

„Gott vergib mir", sage ich.

Mein Telefon klingelt. Ich gehe ran, darauf vertrauend, dass es trotz des Timings nicht Gott sein kann.

„Ich wusste, dass du schläfst und wollte dich nicht wecken", sagt Angie, die Rezeptionistin, „Ein Y.J. Ogvassed hat angerufen. Er meinte, er wollte es später noch einmal versuchen."

„Danke."

„Bis später, Süßer." Sie klickt mich aus der Leitung.

Y.J. ist also in der Stadt? Ich tippe das auf dasselbe Blatt, auf dem auch mein T-Team-Spruch steht. Mir gefällt der Klang und wie es aussieht und so tippe ich es immer und immer wieder hin, bis ich mich wieder fange und frage, was zum Teufel ich da überhaupt tue.

Ich greife in meine Schublade und ziehe eine Postkarte heraus, die mir Y.J. aus England geschickt hat, ein Schwarz-Weiß-Foto, auf dem jemand, der wie ein Bräutigam aussieht, mit seinem Trauzeugen eine Art Smoking-Rugby vollführt. Der Untertitel lautet: *„Man schafft sich komplizierte Rituale, um die Haut anderer Männer berühren zu können."* Wie jedes Mal, amüsiert mich das.

Wendy und Susie kommen ohne anzuklopfen herein, und ich lege die Postkarte zurück. Sie verkünden, dass ich heute Abend mit ihnen ausgehen werde, um mir mit ihnen eine befreundete Band im The Anti-Club anzuschauen. Ich erinnere sie daran, dass ich eine Freundin habe, die mich erwartet.

„Du kannst freiwillig mitkommen ...", beginnt Wendy.

„… Oder du kannst uns veranlassen, dich zu zwingen", vollendet Susie.

„Ernsthaft", sage ich, „heute Abend ist nicht gut."

„Heute Abend könnte noch sehr gut werden", sagt Susie, „Musik, Gedichte, Kunst, Sex …"

„Ich muss noch ein paar Dinge mit Becky klären", sage ich.

„Ruf sie an", sagt Wendy.

„Es gehört nicht zu der Art von Themen, die man am Telefon klären kann."

„Ruf sie an und sag ihr, dass du spät nach Hause kommst."

„Sehr spät", fügt Susie hinzu.

„Und dass du morgen mit ihr reden wirst, oder so."

„Das ist ein nettes Angebot …"

„… Du kannst freiwillig mitkommen …", sagt Wendy.

„… Oder du kannst uns veranlassen, dich zu zwingen …", sagt Susie.

„Nein, ich muss wirklich ein paar Dinge klären."

„Wenn du heute Abend nicht mit uns kommst, wirst du es wahnsinnig bereuen. Und dann gehst du nach Hause und machst sie dafür verantwortlich", sagt Wendy.

„Genau", sagt Susie. „Und du wirst sie schlagen."

„Und du wirst sie aus Versehen umbringen."

„Und du kommst ins Gefängnis."

„Wo du von knallharten Kriminellen vergewaltigt wirst …"

„… die Aids haben."

Ich schaue sie an und frage mich, was wohl diesen drolligen Wutanfall ausgelöst hat. Irgendwelche monströsen Wahrheiten, vor denen wir uns zu sehr fürchten, um sie ernst zu nehmen? Das Übliche?

„Du siehst, du tust ihr nur einen Gefallen, wenn du mit uns kommst", sagt Wendy.

„Genau", sagt Susie.

Pause.

„Ein alter Freund von mir ist in der Stadt", sage ich.

„Was?"

„Ein alter Freund von mir ist in der Stadt", wiederhole ich, „Ich hab ihn schon lange nicht gesehen, und ich weiß nicht, wie ich sonst an ihn rankommen kann".

„Wovon sprichst du?", fragt Wendy.

„Er versucht wahrscheinlich gleich, mich zu erreichen", erkläre ich.

„Du kannst freiwillig mitkommen ...", sagt Wendy.

„... Oder du kannst uns veranlassen, dich zu zwingen", sagen sie einstimmig.

„Wir nehmen dein Cabrio", fügt Wendy hinzu.

„Warum?"

„Weil dich dein fünfundzwanzigster Geburtstag offensichtlich fertig macht", sagt Wendy.

Ich schüttele den Kopf.

„Fünfundzwanzig", sagt Susie und lacht, „das ist alt."

Susie ist vierundzwanzig.

„Nein", sagt Wendy, „Du bist erst alt, wenn du auf der falschen Seite der Fünfundzwanzig stehst. Wart's nur ab."

Wendy ist sechsundzwanzig.

„Ich meine, warum mein Auto?", frage ich.

„Darum", sagt Wendy und geht.

Dann steckt sie noch einmal ihren Kopf herein. „Susie und ich haben vor, zu zugeknallt zum Fahren zu sein." Sie schließt meine Tür.

Susie schaltet meine Schreibtischlampe an und liest den Werbetext für das T-Team in meiner Schreibmaschine.

„Y.J. Ogvassed ist in der Stadt?"

„Das ist der alte Freund", sage ich, „kein Slogan."

„Oh."

Susie macht ein merkwürdiges Gesicht, doch sie gehört zu der Sorte Frauen, die nicht großartig nachfragen, wenn etwas keinen Sinn ergibt – sie rechnet ohnehin damit. Sie liest weiter, während ich in meiner Wohnung anrufe und Becky eine Nachricht hinterlasse, die besagt, dass es bei mir spät werden wird. Im Hintergrund raunt Susie „sehr spät".

„Zehn Punkte für den Spruch mit dem Blowjob", sagt Susie, als ich den Hörer auflege.

*

Wir fahren die Melrose hinunter, vorbei an den Schickimickiläden und den Paramount Studios, ins Hinterland auf der entspannteren Seite des Sunset Boulevards. Wendy und Susie trinken Große-Jungs-Biere und genießen das Cabrio, während ich mich daran zu erinnern versuche, was das kalifornische Gesetz zu Trinkbehältern sagt.

„Müsst ihr beiden das Bier unbedingt so rumschwenken wie zwei Ballköniginnen auf Parade?", sage ich endlich.

„Gib Zeke ein Trident-U-Boot", sagt Wendy.

Susie reicht mir eine große Büchse, und ich denke mir, was soll's, und fange an zu trinken. Es ist das erste Mal, dass ich außerhalb des Büros etwas zusammen mit Wendy und Susie unternehme, und ich merke schon jetzt, dass ich jedes Bier, das ich zwischen die Finger kriegen kann, brauchen werde.

„Das ist ein saucooler Wagen", sagt Susie.

„Ein Rambler", sagt Wendy.

„Ein Rambler American", sage ich.

„Welches Baujahr?", fragt Wendy.

„Dreiundsechzig." Das Jahr, in dem J.F.K. erschossen wurde.

„Saucool", wiederholt Susie, „Der ist wie ein Ken-und-Barbie-Wagen."

Wendy lacht. „Und das hier ist unser Ken-Püppchen." Sie knufft mich was dazu führt, dass meine eine Hand das Bier verschüttet und die andere am Lenkrad ruckelt und den saucoolen Wagen in die Mitte der Fahrbahn schlingern lässt. Es kommen uns keine Autos entgegen. Ich denke mir, dass das ein Glück ist, während ich auf die rechte Spur zurückfahre, dann frage ich mich, ... und dann frage ich mich, warum zur Hölle ich mich das frage ...

„Aber Ken würde keinen schwarzen Wagen fahren", beschließt Susie. „Ken würde einen blauen Wagen fahren."

Ich könnte etwas dagegen vorbringen, aber wozu?

„Du hast heute Abend den Job, Spaß zu haben", sagt mir Wendy. „Wir wollen, dass jemand Spaß hat."

Ich gebe mir Mühe, so zu wirken, als hätte ich Spaß.

„Ecstasy", sagt Susie, „Wir sollten uns Ecstasy besorgen."

„Wo?", fragt Wendy.

„Ich kenne da diesen Typen in Silverlake."

„Nein", sage ich, „Nach Silverlake fahre ich nicht raus."

„Na gut", sagt Susie, „dann lasst mich mal überlegen. Wer kann uns hier Ecstasy besorgen?"

„Ich werde heute Abend kein Ecstasy nehmen", sage ich.

„Warum nicht?", fragt Susie.

„Weil ich es nicht verdient habe," sage ich, „mich so gut zu fühlen."

Während wir die Melrose Avenue entlangfahren, nimmt die Menge der Gang-Graffitis und des Abfalls auf der Straße immer mehr zu.

„Was hat dich denn letztendlich dazu gebracht, mit uns zu kommen?", fragt Wendy.

„Was meinst du?"

„Wir wollten dich schon häufiger fast kidnappen, aber du bist nie mitgekommen."

Ich zucke mit den Schultern.

„Aber jetzt haben wir dich", sagt Susie.

Wendy schüttelt sich mit einem gespielt boshaften Lachen.

„Und du wirst nie mehr derselbe sein", sagt Susie und beginnt plötzlich zu singen: „*Let's do the time warp again*", aus der Rocky Horror Picture Show. Wendy stimmt mit ein und es wird deutlich, dass die beiden das Stück nicht zum ersten Mal singen.

*

Wir kommen an und finden schnell einen Parkplatz. Ob das ein gutes Omen ist?

Am Eingang lungert etwa ein Dutzend Leute herum, die alle einem Jede-Nacht-ist-Halloween-Dresscode entsprechend herausgeputzt sind, zu dem nur ich nicht ganz passe. Schwarzes Leder und Totenköpfe prägen die Couture. In vielen örtlichen Clubs wären diese Leute unerwünscht. Wendy und Susie kennen natürlich fast jeden.

Ich werde ein paar von ihnen vorgestellt, dann gehen wir rein und ich begreife, warum die Leute draußen herumstehen – drin sind es rund dreihundert Grad, und es ist voll und höllisch laut.

Die Band auf der Bühne spielt laut und zusammenhangslos irgendwelche Gloom-Doom-Rockstücke, „... *all we ever wanted was everything, all we ever got was shit and peanut butter sandwiches ...*", oder so etwas Ähnliches.

Ich entschuldige mich, um auf die Unisex-Toilette zu gehen, stelle mich an und komme schließlich in diesen verdreckten, dunklen Abstellraum mit Toilette. Während ich uriniere, lese ich die Sprüche an der Wand.

In großen orangefarbenen Buchstaben, über alles andere drübergeschrieben:

„*I DON'T CARE ABOUT YOU. FUCK YOU*"

... *FEAR*

Darunter, mit Bleistift:

Wenn die gottverdammten Rolling Stones ein bisschen Selbstachtung hätten, dann würden sie sich mit dem Sterben beeilen

Und:

MTV ist was für Schwachmaten

Und:

Ich habe Leif Garrett gefickt

Ich schüttle ab und ziehe den Reißverschluss hoch, und als ich rausgehe, begutachten mich zwei Typen, die aussehen wie Statisten in einem Penelope-Spherris-Film. Einer sagt: „Hast du genug Koks, Biff?"

Ich gehe weiter, als hätte ich nichts gehört hätte, und finde schließlich Wendy und Susie an der Bar. Ich kaufe drei Bier, während Wendy und Susie sich mit Leuten unterhalten. Mir fällt auf, dass Wendy und Susie außerhalb von Big Gun ein merkwürdiges Leben führen müssen, da sie ganz offensichtlich mit allen möglichen Cliquen hier in Kontakt stehen. Wendy sagt etwas zu mir, was ich wegen der Musik nicht verstehe.

„Was?"

„Hast du Spaß?", fragt Wendy laut.

„Klar."

„Wir wollen, dass du Spaß hast", schreit mir Susie ins Ohr.

„Ich werde mir Mühe geben."

„Was?", schreit mich Wendy an.

„Ich habe Susie gesagt, dass ich mir Mühe geben werde, Spaß zu haben", schreie ich Wendy ins Gesicht.

„Gut."

Pause.

„Siehst du irgendwelche Männer, die wir kennen lernen sollten?", schreit mich Susie an.

„Was?", fragt Wendy und lehnt ihren Kopf herüber.

„Ich hab ihn gefragt, ob er irgendwelche Männer sieht, die wir kennen lernen sollten."

Wendy schaut mich an.

„Ihr kennt doch die Leute hier", mache ich ihr klar.

„Wir müssen mal jemand Neues treffen", schreit Wendy.

„Die Typen, die wir kennen ...", sagt Susie und schüttelt ihren Kopf.

„Sind Loser", schreit Wendy.

Ich schaue mich um. Ich glaube zu verstehen, was sie meint.

„Wir brauchen einen Neuen und Verbesserten", schreit Susie, und beide lachen.

„Tja", sage ich, „das hier ist doch ein hervorragender Ort, um jemanden kennen zu lernen. Um sich mit jemandem zu unterhalten und sich so richtig kennen zu lernen."

„Was?", diesmal einstimmig.

„Nichts", schreie ich. „Nur ein Witz."

„Was?", schreit Susie, „Was für ein Witz?"

„Egal."

Wir trinken mehr Bier, für das ich zahle. Endlich betreten die Bleeding Sirens, die Band, in der ihre Freunde mitspielen, die Bühne, und wir schieben uns an einen Platz, der nahe genug an den Lautsprechern ist, um schon bald vom Sound betäubt zu sein. Sie machen Cowpunk mit Texten, die sich anhören, als seien sie bei Jack Kerouac entlehnt.

Ich bin interessiert.

Ich bin vor allem interessiert an der Sängerin – einem jungen, flittchenhaften Mädchen mit gebleichten Haaren, die Levis, ein T-Shirt und lange schwarze Schnürhandschuhe trägt. Sie sieht aus wie eine junge Jessica Lange, allerdings mit einer Marilyn-Monroe-Schmetterlings-Brille.

Ich glaube, Augenkontakt hergestellt zu haben, doch den Eindruck zu vermitteln, man habe Augenkontakt hergestellt, ist Teil ihres Jobs, und so versuche ich einfach nur die Show zu genießen, damit sich der bleibende Hörschaden wenigstens lohnt.

Hinterher, mit klingelnden Ohren, bin ich in einem Hinterzimmer des Clubs, mit Wendy und Susie, einer Schauspielerin, deren Mutter der Laden gehört, der Band und ein paar Anhängseln. Die Sängerin, die wie Jessica Lange aussieht, flirtet mit mir. Vielleicht, weil ich ein weißes Hemd trage und der einzige Typ im Raum bin ohne Ohrring oder Tätowierung? Sie hält mich zweifellos für einen Freak.

Der Schlagzeuger sagt, es wäre doch cool, wenn wir alle mit der Band zusammen auf eine Party in einem Haus auf dem berühmten Blue Jay Way gehen würden, und die Sängerin schaut mich an. „Hast du ein Auto?", fragt sie.

„Ja."

„Kann ich mit dir fahren?"

„Klar." Wendy und Susie werfen mir verschwörerische Blicke zu.

✳

Das Haus ist eine Geschmacklosigkeit im Wert von gut zehn Millionen Dollar, vollgepackt mit großzügigen Mengen an Gratis-Drogen und Alkohol und Schnorrern und Reichen, die sich kaufen, was immer sie kriegen können. Alles wie immer.

Wendy und Susie unterhalten sich mit einer Gruppe von Typen in ihrem Alter und Style. Wendy sieht gelangweilt aus und Susie betrunken. Jüngere umstehende Mädchen wägen die Gebote älterer Macker ab.

Die Sängerin und ich schnappen uns ein paar Biere aus dem Kühlschrank und wandern durch das Haus, bis wir eine Schlafzimmer-Ebene finden, die auf das endlos scheinende Meer der Stadtlichter hinausschaut.

Auf der Fahrt hierher habe ich eine gewisse Harmonie hergestellt, indem ich „Let It Be" von den Replacements laufen ließ, und jetzt sage ich ihr, dass ich glaube, in ihren Texten einige Kerouac-Verweise entdeckt zu haben.

„Wer?", sagt sie.

„Er ist ein Schriftsteller", sage ich, „Ein toter Schriftsteller. Die Beat Generation."

Sie nickt.

Ich fahre fort, „Er hat ‚On the Road' geschrieben, ‚Gammler, Zen und hohe Berge' und noch ein paar andere Bücher."

„Oh, verstehe."

Pause.

„Du bist nicht aus L.A., oder?", fragt sie.

„Nein."

„Du siehst ein bisschen aus wie Sam Shepard", sagt sie, „außer dass du gute Zähne hast."

Ich bin mir nicht sicher, wie ich darauf antworten soll. Vielleicht ist das ein Scherz – aber ihr Lächeln ist anzüglich und nicht humorvoll. Ich hoffe, sie scherzt.

„Wirklich", sagt sie.

„Komisch", sage ich, als würde ich es nicht ganz ernst meinen, „aber als ich dich das erste Mal gesehen habe, dachte ich, du siehst ein bisschen aus wie Jessica Lange."

„Echt?"

„Ja."

Ich finde unsere beiderseitig fehlgeleitete Anziehung irgendwie traurig und amüsant, vielleicht auch krank, und frage mich, warum sie wohl zufrieden wirkt. Sie holt einen Joint raus und ich gebe ihr Feuer, doch als sie ihn an mich weitergeben will, lehne ich ab und halte mich an meine Zigarette.

„Rauchst du kein Haschisch?"

„Nein."

„Warum nicht?"

Ich zucke mit den Schultern.

„Ist doch cool", sagt sie und raucht weiter.

„Ich habe auch so schon genug merkwürdigen Shit in meinem Kopf", sage ich plötzlich.

Sie nickt wissend. Zumindest glaube ich, dass es wissend ist. Plötzlich ärgert es mich, dass ich nicht weiß, was das für ein Lächeln von ihr ist. Beckys Nicken kenne ich. Zumindest meistens.

Während ich auf den leuchtenden Dunstschleier der Stadt blicke und die Sängerin still ihren Joint weiterraucht, beginne ich mich zu fragen, ob ich nicht vielleicht Becky anrufen sollte, doch der Sängerin beim Rauchen zuzusehen, lässt mich daran denken, wie sexy und außergewöhnlich sie mir auf der Bühne vorgekommen war, und wie sehr ich sie begehrt hatte.

Sie ertappt mich dabei, wie ich sie anstarre. Sie atmet einen tiefen Zug aus und sagt: „Ich mag es vor dem Sex."

„Oh."

Wir stoßen auf den Kraftraum, schieben ein paar Gewichte vor die Tür und schalten die Bodenbeleuchtung aus, sodass nur der Schein der Stadt durch das Fenster fällt und über das Trainings- bzw. Foltergerät hinwegfunkelt.

Sie beginnt, sich vor einem Spiegel auszuziehen.

Obwohl sie sich meiner Reaktion bewusst ist, betrachtet sie sich selbst, während sie, was allein schon fast eine Minute zu dauern scheint, aus der Jeans schlüpft. Sie bewundert das Spiegelbild ihres Körpers, während sie in ihrem schwarzen Höschen dasteht, und mir fällt auf, dass ihr Höschen am Po einen kleinen Riss hat.

Sie rollt ihr Höschen an den unrasierten aber nahezu haarlosen weißen Beinen herunter. Keine nennenswerte Bräunungslinie. In einer schnellen Bewegung, die ihre Brüste wippen lässt, streift sie sich das T-Shirt ab.

Dann dreht sie sich um und kommt zu mir. Sie trägt immer noch die langen schwarzen Schnürhandschuhe. Die Handschuhe greifen nach mir und beginnen, mein Oxford-Hemd aufzuknöpfen. Das Hemd fällt herunter. Sie geht auf die Knie. Geschickt öffnet sie meinen Gürtel, knöpft die Khakis auf, sie weiß sogar, wie der französische Verschluss aufgeht. Dann das Geräusch des Reißverschlusses. Die Handschuhe haben ihn im Griff. Die Hose liegt an meinen Knöcheln. Sie kriecht hinter mich. Sie legt ihr Gesicht an meine Hüfte und schaut in den Spiegel. Na bitte. Die Handschuhe kommen nach vorne, und auch die Boxershorts landen an den Knöcheln.

Mir baut sich ein Ständer von Teenager-Kraft auf. Ich sollte einen Präser dabei haben, weiß aber, dass ich ihn wahrscheinlich auch dann nicht benutzen würde, wenn ich ihn dabei hätte.

Sie kommt zurück nach vorne und stellt sich etwa dreißig Zentimeter vor mir auf. Ich spüre ihren Körper. Keiner von uns bewegt sich. Wir können uns atmen hören, wir können uns riechen. Die animalischen Sinne erwachen aus einem Urschlaf. Sie legt ihre mit schwarzen Schnürhandschuhen bekleideten Hände auf meine Brust und ich erleide um ein Haar einen gottverdammten Herzinfarkt. Dennoch, ich bewege mich nicht.

Sie öffnet ihren Mund. „Ich sollte dir vielleicht sagen", sagt sie, „dass ich Herpes habe."

*

Im vertrauten smog-blauen Licht kurz vor Sonnenaufgang fahre ich Wendy und Susie den Hollywood Boulevard hinunter, während der Müll die Straße entlangweht.

„Und dann fragt sie mich, ob das ein Problem ist.", erzähle ich.

„Und was hast du gesagt?", fragt Susie. Sie findet das zum Totlachen.

„Ich hab gesagt, ‚Scheiße, ja, das ist ein Problem'."

„Und noch eine traurige Hollywood-Beziehungsgeschichte", sagt Wendy. „Wir werden davon in der L.A.-Klatsch-Kolumne lesen."

„Und", sage ich und fange dabei an zu lachen, „dann sagt sie zu mir, ‚Willst du mir etwa sagen, du hast keinen'?"

Susie lacht, hört dann aber auf. „Hast du wirklich keinen?"

„Nenn mich ruhig altmodisch."

*

Wir kommen in Susies kleiner Atelierwohnung ganz in der Nähe von Big Gun an und beschließen, dass wir die paar Stunden, die uns noch bis zum Büro bleiben, hier verbringen und aus Susies schmutzigem Geschirr Kaffee trinken wollen.

„Warum stehen Typen, die offensichtlich Hirn haben, auf Idiotinnen?", fragt mich Wendy bei Java-Kaffee und Whisky.

Ich hebe an, etwas zu sagen …

„… weil sie beschissen sind", sagt Wendy.

„Das ist wahr", sagt Susie.

„Männer haben wirklich Angst vor Frauen mit Hirn", sagt Wendy zu mir. „Warum nur?"

Ich hebe an, etwas zu sagen ...

„... weil sie beschissen sind", sagt Wendy.

„Männer wollen mit einem Mädchen nicht nur reden", sagt Susie. „Was wollen Männer?"

Ich hebe an, etwas zu sagen ...

„... Männer sind scheiße", sagt Wendy.

„Und nicht nur Männer", sagt Susie.

„Alle sind scheiße", sagt Susie.

„Dich meinen wir aber nicht, Zeke", fügt Susie hinzu. „Du bist die normalste Person, die wir kennen."

*

Ich ziehe mich auf einen Stuhl aus einem Ramschladen zurück, rauche eine Zigarette und durchblättere die klebrigen Seiten eines alten „Art Dog"-Magazins, der Veröffentlichungsort für einige von Susies Gedichten, wie sich herausstellt:

manchmal sehe ich sterne
und denke an ewigkeit und sterblichkeit
manchmal sehe ich sterne
und denke an das raumschiff enterprise

Und es gibt ein Foto von Susie. Sie hält einen „naturgetreuen" Dildo in der Hand, während sie ein Kinderschaukelpferd besteigt. Dazu trägt sie nichts als schwarze Leder-Shorts, und aus ihrer Nase tropft Blut.

„Ich bin eine intelligente Person", sagt Wendy, „aber ich verstehe wirklich nicht, warum Männer und alle heutzutage so scheiße sind. Das beunruhigt mich."

Plötzlich fällt mir dieser dämliche Spruch ein, den ich auf der Party aufgeschnappt habe: „Hey, wir leben in den Achtzigern."

Wir sind benebelt und breit vom Alkohol und den Drogen und dem langen Aufbleiben und finden diese dumme Kurzzusammenfassung von mir wahnsinnig lustig.

Wir lachen eine Weile, bis uns klar wird, dass es eigentlich nichts zu Lachen gibt.

Mit einem Mal fühle ich mich erschöpft. Der Kaffee scheint auf mich eine umgekehrte Wirkung zu haben – genauso wie die Aufputschmittel, die ich als neugierig-überdrehtes Kind nahm – und beschließe deshalb, mich auf Susies Bett zu legen – eine Queen-Size-Matratze auf dem Boden, die zusätzlich noch als Mülleimer für zerknülltes Papier und weiß der Himmel was fungiert.

Ich merke, dass ich einschlafe.

Ich wache aber noch einmal leicht auf, als mir die Hose ausgezogen wird und denke, oh, wie zuvorkommend, dass jemand daran denkt, mich auszuziehen. Als meine Gedanken jedoch halbwegs klar werden, fällt mir auf, dass ich auf beiden Seiten von nackten weiblichen Körpern umgeben bin, und dass das kein Traum ist.

Wir haben verzweifelten, verschwitzten Sex ohne wirklich miteinander zu ficken, woran wahrscheinlich mein Suff schuld ist. Anschließend duschen wir einzeln, und ich gehe alleine nach draußen zu meinem Wagen und stelle fest, dass man mir mit einem Schlüssel oder sonst was eine ganze Seite zerkratzt hat.

Ich fange an zu lachen, doch das Lachen geht in ein Husten über.

*

„Well, you didn't get up this morning because you didn't go to bed, you've been watching the whites of your eyes turn red ..."

Das ist entweder die Fahrstuhlmuzak von Big Gun oder aber mein Kopf.

Ich trete aus dem Fahrstuhl und werde aus dem Hinterhalt überfallen.

„Zeke!" Ein freundlicher Schrei, denke ich, doch man kann sich in dieser

Stadt nie ganz sicher sein.

„Nein", sage ich. „Ich fürchte, Sie verwechseln mich."

Das Gesicht kichert. „Zeke, du siehst super aus. Verdammt, wie geht's dir?"

Ich erinnere mich: Chris irgendwas. Ich war mit ihm auf der Uni in irgendwelchen Filmseminaren. Ich bin nicht in der Stimmung, über alte Zeiten zu reden oder Hollywood-Horrorgeschichten auszutauschen, aber er ist ein netter Kerl und ich will mich besser benehmen als ich mich fühle.

Meine Mutter gab mir mal einen Ratschlag, der mir zwar zu denken gibt, den ich aber trotzdem immer zu befolgen versuche: Sei höflich, und niemand merkt, dass du verrückt bist. Meine Mutter ist höflich, aber alle merken, wie durchgeknallt sie ist.

„Danke, gut", sage ich. „Wie geht's dir, Chris?"

„Sehr gut", sagt Chris.

„Prima", sage ich. „Entschuldige bitte, aber ich bin um einiges später dran als sonst und muss dringend ins Büro."

„Du arbeitest hier?"

„Wenn du damit meinst, ob ich hier angestellt bin, ja."

„Was machst du?"

„Ich schreibe schlechte Werbetexte für schlechte Filme." Die Standardantwort.

„Du?"

„Nein, mein böser Zwillingsbruder Mark."

Chris kichert. „Von allen Leuten, die ich kenne, dachte ich, du hättest mittlerweile garantiert eine ordentliche Arbeit. Ich meine, so was wie Drehbücher schreiben."

„Tja ..."

„Was ist passiert?"

„Wie, was ist passiert?"

„Ich meine, was hast du die ganze Zeit gemacht?", fragt er. „Was war mit dem großartigen Drehbuch, das du für das Seminar bei Boyle geschrieben hast, für das du die Preise bekommen hast? Hat sich dafür niemand interessiert?"

„Doch."

„Und was ist passiert?"

„Nichts."

„Weißt du, es war vielleicht ein bisschen zu bildlastig."

Ich taste nach meinen Camels, habe aber keine Streichhölzer.

„Woran arbeitest du gerade", fragt Chris.

„An nichts Speziellem."

„Das solltest du aber. Du warst ein echt guter Autor."

„Danke." Ich frage mich, warum er die Vergangenheitsform benutzt.

„Du solltest …"

„Entschuldige bitte, aber ich sollte noch vor der Mittagspause ins Büro."

„Ich hab hier gerade ein Drehbuch verkauft", platzt Chris plötzlich heraus.

„Gratuliere."

„Es ist schon das dritte, das ich verkauft habe."

„Gratuliere."

„Vielleicht schreibst du ja den Werbetext dafür."

„Vielleicht."

„Es geht um so einen Einzelgängertypen, der in ein namenloses lateinamerikanisches Land geht, um irgendwelche Kumpels zu befreien, die dort gefangen gehalten werden. Er hat einen Roboter, der ihm dabei hilft."

Ich weiß nicht, ob das ein Scherz ist. „Gratuliere", wiederhole ich noch einmal.

„Diese Stadt ist gar nicht so hart."

„Nein."

„Ich bin sicher, du wirst auch großen Erfolg haben", versichert mir Chris, offenbar in dem Glauben, ich hätte es nötig. „Du siehst aus wie ein guter Autor."

„Interessante Vorstellung."

„Du hast den Vibe. Ernsthaft. Alle im Seminar dachten das, und der Vibe ist es, was die Leute in dieser Stadt kaufen. Verstehst du?"

Ich nicke. „Ja, ähm, danke, ich muss jetzt los."

„Lass uns doch mal treffen."

„Vielleicht ja hier", schlage ich als unverbindliche Alternative vor.

„Nein", sagt er, „Hierher werde ich wahrscheinlich nicht mehr so oft kommen. Sie haben mir heute gesagt, dass sie jemanden anheuern wollen, um mein Drehbuch neu zu schreiben."

Das ist kein Scherz, und plötzlich tut mir der Typ Leid. „Tut mir Leid zu hören."

„Das macht mir nichts aus."

Ich zucke mit den Schultern und denke, dass ihm das sehr wohl etwas ausmacht. Vielleicht macht es ihm so viel aus, dass er nicht darüber reden möchte.

„Das ist mir wirklich scheißegal", sagt er.

Ich schaue ihn an. Er meint es ernst.

„Man lernt, sich aus so etwas nichts zu machen", erzählt er mir.

Ich will nicht lernen, mir aus so etwas nichts zu machen, nicke aber nur und sage „Tschüss", bevor ich genötigt werde, mich mit ihm zum Essen zu verabreden.

Nachdem ich meine Bürotür abgeschlossen habe, ziehe ich den Telefonstecker und zünde mir eine Camel an. Ich habe drei Nachrichten auf meinem Schreibtisch: Becky hat angerufen. Y.J. Ogvassed hat noch einmal angerufen. Und Peg will mich sehen, und zwar so bald wie möglich.

Es klopft an der Tür. Oh, Scheiße. Der Türknopf klappert. Gott sei Dank ist abgeschlossen.

Dann weiteres Klopfen, und ich stehe auf, weiche aber zurück.

Das ist beschissen lächerlich.

Ich durchquere den Raum und öffne die Tür. Wendy und Susie kommen herein, beide lächeln, keine Spur von Scham oder Schuld. Ich bewundere sie dafür.

„Wir wollten dir nur sagen, dass du dich vor Peg hüten solltest", sagt Wendy. „Sie ist heute in einer besonders miesen Stimmung."

„Und wir wollten sehen, wie es dir geht", sagt Susie lächelnd.

„Mir geht's gut", sage ich. „Den Umständen entsprechend."

Das amüsiert sie. Dann sagen sie, dass sie schnell zur Grafikabteilung zurückmüssen, falls Peg reinschaut, und verlassen mich augenzwinkernd und winkend.

Das Telefon klingelt. Ich erstarre. Es klingelt weiter. Ich starre es einige Klingelzeichen lang an, und es will einfach nicht zu klingeln aufhören ... also gehe ich zur Tür hinaus.

„Sag jedem, der es wissen will, dass mir furchtbar schlecht geworden ist", sage ich, als ich an Angies Schreibtisch vorbeikomme.

„Klar, Süßer."

„Danke."

„Schönes Wochenende", sagt sie, und mir will einfach nicht einfallen, ob heute Donnerstag oder Freitag ist.

Die Fahrstuhltür öffnet sich, und ich trete in dem Moment ein, in dem Peg heraustritt. „Wohin gehst du?", fragt sie.

„Das ist eine gute Frage."

Und noch bevor einer von uns sie beantworten kann, geht die Fahrstuhltür zu und ich bin weg.

*

Ich fahre auf dem Sunset Boulevard Richtung Westen. Irgendwie sind die Plakatwände noch nerviger als sonst, irgendwie verkaufen sie etwas Kränkeres als sonst, und irgendwie hat das irgendetwas mit mir und Becky zu tun.

Die Pest?

Ich schaue weg und drehe KROQ auf. Man sollte sich zur Rettung immer auf laute Musik verlassen können.

„These Days" von R.E.M. läuft. Das hilft, ich muss aber an einer roten Ampel unter der schlimmsten Plakatwand der Weltgeschichte anhalten. Sylvester Stallone steht über der Straße mit einem Streichholz im Mund, einem hölzernen Ausdruck auf dem Gesicht und einem Gewehr mit einer glutroten Mündung in den schwarz behandschuhten Händen. Der Werbespruch lautet: „Das Verbrechen ist die Krankheit. Lernen Sie die Heilung kennen. Jetzt auf Video."

Lernen Sie mich kennen, wenn ich kotze.

Ich drehe die Lautstärke so weit auf, dass einem weniger erfahrenen Rock-Fan die Ohren bluten müssten.

Ich fahre ziellos umher, reihe mich ein in den Fluss auf dem San Diego Freeway Richtung Süden, dann auf den Santa Monica Freeway Richtung Westen und dann auf den Harbor Freeway Richtung Norden, ein überdimensionales Disneyland aus Überführungen. Ich beginne mich zu fühlen, als lebte ich in einem Roman von Joan Didion. Dieser Gedanke jagt mir genügend Angst ein, um mich auf den Heimweg zu schicken.

*

Ich setze meinen Wagen in die Parklücke neben Beckys weißem MG. Ein Mann mit einem Einkaufswagen wühlt im Müllcontainer. Auf meinem Weg um das Gebäude herum halte ich Distanz zu ihm.

Gerade als ich zur Eingangstür komme, werde ich von Jimmy abgefangen, einem der jungen Skater aus der Gegend. Er fragt mich, ob ich Dope will.

„Nein."

„Ein paar Mandies?"

„Nein."

„Speed?"

„Nein."

„Koks?"

„Heute nicht."

„Wieso nicht?"

Ich zucke mit den Schultern.

Er blickt sich um. „Smack", versucht er es. „Kennst du jemanden, der Smack braucht?"

„Nein", sage ich. „Ich fürchte, nicht."

„Wenn dir jemand einfallen sollte, lass es mich wissen", sagt er. „Ich bin hier."

„Okay."

„Du brauchst sicher nichts?"

„Nein", sage ich. „Jetzt gerade nicht."

„Du siehst so aus, als ob", sagt er und skatet dann zurück zu seiner Clique.

Ich öffne die Haustür, merke aber, dass ich Becky jetzt nicht gegenübertreten kann. *You can run but you can't hide.* Ich frage mich, wer das wohl als Erstes gesagt hat, während ich zu meinem Wagen zurückgehe und das Radio anstelle.

*

Auf KROQ läuft nicht, was ich hören will, also schiebe ich eine alte Elvis-Costello-Kassette rein: *„As I walk thru this wicked world, looking for light in the darkness of insanity …"*

Ich manövriere den Wagen die Pacific Avenue hoch und fädle an der 4th Street in den Santa Monica Freeway Richtung Osten ein. Ich spüre, wie die Luft stickiger und heißer und insgesamt unangenehmer wird, je mehr ich mich Downtown nähere.

Ich beschließe, auf den Harbor Freeway zu wechseln, was mich an Watts vorbeibringt. Die einzigen Bilder, die ich von Watts vor Augen habe, entstammen der Berichterstattung zu den Unruhen von '65. Ich bezweifle, dass es dort heute, über zwanzig Jahre später, besser aussieht. Ich frage mich, wie wohl die nächsten Unruhen aussehen werden.

Auf dem San Diego Freeway Richtung Süden kühlt die Luft langsam wieder etwas ab. Ich bin froh über mein Cabrio, während ich an grünen Schildern vorbeifahre, die darauf hinweisen, wo man abfahren muss, um an Orte wie Manhattan Beach, Hermosa Beach oder Newport Beach zu gelangen.

Irgendwann halte ich an einem Steilufer. Ich steige aus, gehe zum Abhang, klettere über das Geländer und schaue hinunter auf die Wellen, die sich an den Felsen brechen. Ich werfe einen Stein hinunter, der auf noch nicht einmal halber Strecke meinem Blick entgleitet. Ich frage mich, wie lange wohl ein menschlicher Körper für den Fall brauchen würde, und wie dieser Körper danach wohl aussehen würde.

Dann fällt mir auf, dass ich hungrig bin, und so steige ich wieder in den Wagen und fahre los, um nach Essbarem Ausschau zu halten.

*

Ich finde ein gemütliches Strandrestaurant, das zwischen der Mittags- und Abendessenszeit so gut wie leer ist.

An der Bar bestelle ich einen J&B pur und stelle mich darauf ein, mir mit einer Zeitung die Zeit totzuschlagen. Der Barkeeper gibt mir einen ordentlichen Drink und ich ihm ein ordentliches Trinkgeld. Ich denke, damit haben wir uns eine gut funktionierende Beziehung aufgebaut.

Der Whisky wärmt mich auf. Ich zünde mir eine Zigarette an und atme tief ein. Schon wird das Leben besser.

Nach meinem zweiten Whisky und meiner vierten Zigarette, das übliche Zwei-zu-eins-Verhältnis, fühle ich mich hinreichend betäubt, um die Zeitung aufzuschlagen. Ich überfliege die üblichen Titelseiten-Themen: Gewalt, Hunger, Sexualverbrechen, Neo-Nazis, die sich auf Armageddon vorbereiten, Bombardements und Kriege und Proteste, legaler und illegaler Waffenhandel sowie eine Frau mit Fünflingen.

Ich lese einen interessanten Artikel: Eine Fortsetzung über den Briefträger, der eines Tages mit ein paar 45-Kalibern zur Arbeit kam und anfing, seine Kollegen abzuschlachten. Der Autor versucht der Geschichte irgendeinen Sinn zu verleihen, indem er Freunde des Mannes interviewt, einen Psychiater, Cops und so weiter, mit dem einzigen Erfolg, dass er nur noch einmal die Heidenverwirrung aller Befragten hervorhebt.

Dennoch, ein wunderbares Bild gibt es: Jemand erinnert sich daran, wie der Postbote auf einem Tandem herumgefahren ist – das er selbst gebaut hat.

Ich frage mich, wie sich überhaupt jemand darüber wundern kann, dass er durchgedreht ist.

Anschließend lese ich die Besprechung eines neuen Spielberg-Films, bei dem Spielberg weder das Drehbuch geschrieben noch Regie geführt hat, und gehe dann die Anzeigen nach neuen Filmen durch. Wenn überhaupt, dann ist das mindestens genau so finster wie die Titelseite.

Ich versuche es mit Sport. Wieder ein Athlet mit einer Überdosis Kokain. Ich blättere auf die letzten Seiten. Autoreifen und Gewehre zu verkaufen. Mir wird bewusst, dass L.A. wahrscheinlich für beides einen Bombenmarkt darstellt.

Ich beschließe, nach einem Telefon zu suchen und einen Freund anzurufen. Dann wird mir klar, dass ich in dieser Stadt überhaupt keine richtigen, engen Freunde habe. Ich habe viele Bekannte, von denen ich jedoch mit keinem sprechen möchte.

Und ich weiß nicht, was ich Becky sagen könnte.

Schließlich rufe ich einen alten Kumpel aus Schulzeiten an, der, wenn schon kein Blutsbruder, dann wenigstens intelligent und lustig ist und außerdem gerne trinkt – bei einem Mann alles sehr gute Eigenschaften. Er ist damit einverstanden, dass wir uns in Newport Beach treffen.

Ich verlasse die Bar äußerst ungern, nun, da ich eine so gute Beziehung zu dem Barkeeper aufgebaut habe, aber so ist das Leben. Ich lasse die Zeitung zurück, für den Nächsten.

*

„Geld ist die Antwort", sagt Bob Simmons, während er eine Krebsschere in geschmolzene Butter tunkt. „Ein Haufen Geld."

Ich halte eine Gabel mit Kalbfleisch in der linken Hand und eine Camel in meiner rechten.

„Hättest du jemals geglaubt, dass es so kommen würde", sage ich. „Als du noch klein warst und Klassiker vom Schlag ‚Der Grinch' oder ‚Mein Hund lernt hundert Wörter' gelesen hast – hättest du dir da jemals vorstellen können, dass es heute so sein würde?"

Bob schüttelt den Kopf, während er das Krebsfleich mit einem Gin Tonic runterspült.

„Niemand hat mich vorgewarnt", sage ich.

„Weil es jetzt anders ist."

„Aber ist es das denn wirklich?"

„Es ist die Wirtschaft", sagt Bob. „In den Sechzigern war es anders. Die Freaks damals wussten, sie bräuchten sich nur die Haare zu schneiden, ein Bad nehmen, eine Woche dem LSD fernbleiben, und schon hätten sie eine Manager-Position bei IBM. So ist das jetzt nicht mehr. Die Wirtschaftslage hat sich geändert."

Ich nicke.

„Wir haben keine Zeit mehr für Orgien und LSD, oder für sechzehn Stunden ‚Rubber Soul' am Stück."

Ich lache oder so etwas in der Art.

„Wir leben im Wettbewerb miteinander", sagt Bob und stopft sich den Mund voll Krebsfleisch.

Ich lege das Kalbfleisch ab und greife nach meinem Weinglas.

„Die einzige Antwort darauf ist, so viel gottverdammtes Geld zu verdienen, dass dir keiner was anhaben kann", sagt Bob.

„Und dann?"

„Schaff dir deine eigene Wirklichkeit", sagt er, „kauf sie dir."

*

Als wir nach dem Essen auf dem Parkplatz stehen und uns voneinander verabschieden, erwähne ich, dass ich Ärger mit Becky habe.

„Warst du deshalb auf deiner Geburtstagsparty so weggetreten?"

„Weiß nicht."

„Und ich dachte, du wärst auf den falschen Drogen, oder das Altwerden würde dich fertig machen. Fünfundzwanzig, meine Fresse."

Pause.

„Also, was ist denn los mit Becky? Sie sieht doch super aus."

„Ich weiß."

„Und, was ist los?"

„Ich weiß es nicht", sage ich. „Wenn ich das wüsste, dann wüsste ich wahrscheinlich auch, was zu tun ist."

„Ich weiß, was du tun musst."

„Ich bin ganz Ohr."

„Hab mal wieder Sex", sagt er.

„Sex ist nicht das Problem", sage ich, doch dann fällt mir meine Geburtstagsparty ein. „Nicht im Normalfall."

„Nein", sagt er, „ich meine, mit einer anderen. Du wirst Schuldgefühle entwickeln und deshalb Becky besser behandeln, und sie wird nichts mitbekommen, abgesehen davon, dass alles ganz toll ist. Das funktioniert."

„Ich hab's schon gemacht."

„Was?"

„Sex mit einer anderen."

„Mit wem?"

„Mit ein paar Mädchen."

„Ein paar?"

Ich will nicht ins Detail gehen, nicke also nur.

„Wie hast du dich dabei gefühlt?"

„Wie ich mich dabei gefühlt habe?"

„Wenn es dir gefallen hat und du dich nicht schuldig fühlst, dann liebst du Becky nicht", fachsimpelt er. „Wenn es dir nicht gefallen hat oder du dich schuldig fühlst, dann liebst du Becky, und du solltest es wieder gutmachen. Wenn es dir nicht gefallen hat und du dich schuldig fühlst, dann ist es egal, ob du Becky liebst oder nicht, denn dann bist du Muschi-gestraft."

Ich kann mich nicht daran erinnern, wann ich das letzte Mal den Ausdruck Muschi-gestraft gehört habe. „Ich weiß es nicht", sage ich.

„Dann müssen wir einfach ausgehen, und es heute Nacht noch einmal tun", sagt er lächelnd. „Dann weißt du's."

Mir wird klar, die Tatsache, dass ich ihm nicht einmal widerspreche, ist ein Zeichen dafür, wie weit es schon mit mir gekommen ist.

*

Wir fahren mit Bobs schwarzem BMW 535i zu einer Bar, in der wir seiner Meinung nach etwas fürs Bett finden können, als uns eine Bierwerbung im Autoradio verspricht: „Sie können alles haben."

„Die Pest", murmele ich. „Ein weiteres Zeichen."

„Was?"

„Ich hasse es, mir diese Scheiße anzuhören", sage ich und schalte das Radio aus.

Bob zuckt mit den Schultern, langt herüber und schiebt eine Kassette hinein. Früher Springsteen. Der Boss singt über die Einsamen und seine einzige Liebe und über Zuversicht und Treue und über ein Mädchen, ein Mädchen, das nicht schön ist, aber gerade richtig für ihn.

Ich beginne mich gerade auf die Musik einzulassen, da fängt Bob zu lachen an und sagt zu mir: „Der Boss hat ein SMI geheiratet." Schauspielerin-Model-Irgendwas.

Das macht so ziemlich alles kaputt.

*

Die beachige Bar ist voller schön gebräunter Körper und schlechter Charts-Musik.

„Immer wenn ich an einen Ort wie diesen komme", sagt Bob, „denke ich, ich könnte hier alle mit einer Uzi umlegen, und die Welt würde nichts vermissen."

„Möchtest du gehen?"

„Nein", sagt Bob, „ich suche was zum Flachlegen."

Ich bestelle an der Bar einen Whisky, Bob einen Gin Tonic. Wir überfliegen das Angebot. Es gibt eine Menge hübscher Mädchen und eine Menge hübscher Jungs, aber ebenso auch eine traurige Stimmung aus Verzweiflung und Langeweile.

„Ich bin mir nicht sicher, ob hier viel zu holen ist", sagt Bob.

„Dann leg doch mal ein glänzendes Gespräch mit jemandem hin", schlage ich vor.

„Diese Frauen wollen von nichts etwas wissen außer von deinem BMW und deinem Kokain." Er lacht.

„Na, dann kannst du ja froh sein, dass du einen BMW hast." Ich frage mich, ob er wohl etwas dabei hat. „Wäre nur schön, wenn du zusätzlich zu der deutschen Wertarbeit auch noch etwas Kokain hättest."

Er schüttelt den Kopf „Du weißt, dass ich an Orten wie diesem nie was aufreiße."

„Was machen wir dann hier?"

„Ich reiße an Orten wie diesem selten was auf", korrigiert sich Bob.

„Von mir aus können wir gehen."

„Nein, ich will was fürs Bett."

Bob kippt seinen Drink runter und bemüht sich um die Aufmerksamkeit des Barkeepers, um einen weiteren zu bekommen.

Ich zünde mir eine Zigarette an, schaue mich um und stelle fest, dass hier kein einziges Mädchen ist, für das ich mich ins Zeug legen wollte. Ich frage mich, ob das meine Schuld ist oder ihre.

Bob bestellt zwei Drinks für sich und reicht mir einen Whisky. Wir wandern hinein in den Morast aus menschlichen Körpern, wo mir die Luft heiß und verqualmt vorkommt, und plötzlich wird mir übel und ich will gehen.

Dann springt mir eine große Blonde ins Auge, höchstens einundzwanzig, der es möglicherweise auch so geht wie mir.

Sie trägt ein übergroßes Brooks-Brothers-Hemd, pfirsichfarben und mit Button-Down-Kragen, alte Levis und abgetragene Mokassins ohne Strümpfe, und sie ist über eins achtzig. Sie könnte ein Model sein – oder auch, was geläufiger ist, ein Modul – ich werde aber nicht nachfragen.

Ich sehe ihr zu, wie sie einige Typen abblitzen lässt.

Bob beobachtet mich, wie ich sie beobachte. „Sieht gut aus, Alter", sagt er.

Normalerweise würde ich nicht zu dieser eindrucksvollen Frau hingehen und sie ansprechen, doch im Augenblick fühle ich mich nicht normal und habe nichts zu verlieren. Ich nähere mich ihr planlos.

„Was machst du hier?", versuche ich es.

Sie begutachtet mich vorsichtig. „Das wüsste ich auch gerne", sagt sie schließlich.

„Lass mich wissen, wenn dir eine Antwort eingefallen ist."

Das ist mir sofort peinlich, und ich bin schon im Begriff, mich wieder zu entfernen, da fragt sie: „Was machst du denn hier?"

„Ich bin mit jemandem hier, der jemanden aufreißen will."

Sie lächelt. „Ich auch."

Ich nicke.

„Meine Freundin ist da drüben und spricht gerade mit einem leicht zurückgebliebenen Surfer", sagt sie. „Wo ist deiner?"

„Der geifert da drüben nach dir."

Ich weise auf Bob. Der gibt zunächst vor, uns nicht zu beobachten, setzt sich aber sofort in Bewegung, als sie ihn zu uns herüberwinkt.

„Ich heiße Kelly", sagt sie zu mir.

„Zeke."

Wir geben uns die Hand, und Bob stößt zu uns.

„Kelly", sage ich, „das ist Bob Simmons."

Sie geben sich die Hand.

„Du bist also auf der Suche nach einem Bettwärmer", sagt Kelly.

Bob lacht. „Nun ja", sagt er, „ich bin mit beschissener Sicherheit nicht hier, um mich intellektuell stimulieren zu lassen."

Mir geht plötzlich auf, dass er vielleicht schon betrunken sein könnte.

„Du wirst dich hervorragend mit meiner Freundin Cathy verstehen."

Bob sieht sich um. „Wo ist sie?"

„Sie kommt gerade rüber."

Eine kleine Blondierte gesellt sich zu uns, und wir stellen uns gegenseitig vor. Sie und Bob scheinen einander für akzeptabel zu halten.

„Bist du aus dem Osten?", fragt sie mich, „Wie Kelly?"

„Nein", sage ich. „Aus Seattle."

„Es soll da oben viel regnen", sagt Cathy.

„Das tut es."

„Wirklich?"

„Andauernd", sage ich. „Hervorragendes Selbstmordwetter."

Pause.

„Seattle hat eine sehr hohe Selbstmordrate", füge ich hinzu.

Bob starrt mich fassungslos an.

„Aber ich persönlich", fahre ich fort, unfähig, mich zurückzuhalten, „denke ja, dass Sonnenschein genauso deprimierend sein kann wie Regen. Manchmal sogar noch deprimierender."

„Zeke war auf der U.S.C.", platzt es aus Bob heraus.

„Oh", sagt Cathy.

Ich blicke zu Kelly, die lächelt. „Möchtest du weg von hier?", fragt sie.

„Hervorragende Idee", sagt Bob.

„Wir können zu mir gehen", bietet Kelly an.

Offenbar sind alle der Meinung, dass dies besser ist, als mir beim Vortrag meiner Suizid-Logeleien zuzuhören.

Cathy geht mit Bob. Ich fahre mit Kelly in ihrem Auto – ein Mercedes Cabrio – und gebe betrunkene Frechheiten von mir, die sie offensichtlich amüsieren. Sie schießt gerade genug schlagfertige Erwiderungen zurück, um zu vermeiden, dass ich in einen Monolog verfalle.

Sie sieht gut aus am Steuer. Sie trägt eine Sonnenbrille, damit ihr die Haare nicht in die Augen fallen, und wann immer wir unter einer Straßenlaterne durchfahren, habe ich das Gefühl, als wäre soeben ein Foto geschossen worden.

✳

Zu viert stehen wir auf der Terrasse, trinken und beobachten das Mondlicht in den Wolken, und ich fühle mich eigenartig zu Kelly hingezogen. Etwa dreißig Meter von uns brechen die Wellen in weißen Blitzen.

Der Whisky hält mich warm, und er hält mich auch davon ab, zu viel an Becky zu denken.

„Wunderbare Immobilie", sagt Bob. „Gehört sie deinen Eltern?"

„Meinem Mann", antwortet Kelly.

Ich leere mein Glas. „Will noch jemand was?", frage ich.

„Ja bitte", sagt Kelly.

„Nein danke", sagt Cathy.

„Ich komme mit", bietet sich Bob an.

„Nein", sage ich, „Es geht schon."

„Na dann", Bob reicht mir sein Glas.

Als ich mit dem Mixen der Drinks fertig bin, schnüffele ich ein wenig herum, um herauszubekommen, ob der Ehemann noch hier wohnt. Sieht so aus als ob. Und mir tritt wieder die Größe von Kellys Hemd ins Bewusstsein – er ist groß. Bis ich mit den Drinks zurückgekehrt bin, hat sich die Aufmerksamkeit vom großen Salzgewässer auf das kleinere Chlorgewässer hier auf der Terrasse verschoben.

„Hat jemand Lust auf ein heißes Bad?", fragt Kelly.

Ein heißes Bad?

„Gute Idee", sagt Cathy, als wäre das nicht die ganze Zeit über geplant gewesen.

„Ja", sagt Bob enthusiastisch. „Klingt wunderbar."

„Komm", sagt Cathy, „wir holen ein paar Handtücher."

Cathy führt Bob ins Haus. Kelly und ich bleiben.

„Ganz schön stark, der Drink", sagt Kelly.

Ich nicke.

„Wollen wir reingehen?", fragt sie. „Ins Bad?"

„Macht dein Mann mit, wenn er nach Hause kommt?"

„Nein."

„Wird er nach Hause kommen?", frage ich. „Ich meine nicht, dass wir hier irgendwas tun, was wir nicht tun sollten, aber dein Mann könnte ja ein paranoider Typ sein, man weiß ja nie. Er könnte sogar eine Waffe haben."

Ich hoffe darauf, dass sie diese wilden Anschuldigungen zerschlägt.

„Er ist für drei Wochen verreist."

Ich denke einen Augenblick nach. „Wie alt ist dein Mann?"

„Sechsunddreißig."

„Wie alt bist du?"

„Neunzehn."

Ich nicke.

„Noch mehr Fragen?", fragt sie.

„Ja", sage ich. „Was habe ich hier verloren?"

„Du bist hier, weil ich dich hier haben will."

„Aha." Pause. „Warum?"

„Ich finde dich interessant", sagt sie.

„Viel Zeit hast du aber noch nicht mit mir verbracht."

„Ich weiß das, und ich brauche das. Die meiste Zeit über langweile ich mich zu Tode."

Ich verstehe und schätze ihre Antwort, weiß aber immer noch nicht, was ich hier verloren habe.

„Noch mehr Fragen?", fragt sie noch einmal.

Ich schüttele den Kopf, mein kurzer Ausbruch von Neugierde ist offenbar überwunden.

„Dann komm", sagt sie, „Holen wir uns Handtücher."

Sie nimmt meine Hand. Ich spüre, dass sich Sex nicht vermeiden lassen wird, und habe gemischte Gefühle dabei.

Während sie im Badezimmer ist und Handtücher raussucht, betrete ich ihr Schlafzimmer und werde erschlagen von ihren drei gewaltigen Kleiderschränken.

Sie kommt heraus und sieht mich dort stehen. „Lachhaft, oder?", sagt sie.

„Was?"

„Alles nur wegen euch", sagt sie.

„Was?"

„Wegen euch Männern", sagt sie. „Wir machen uns für euch schick. Du solltest mal einige der Werbungen sehen, die ich machen musste."

Obwohl sie nur kokettiert, wäre es mir lieber gewesen, sie hätte mir ihren Beruf nicht verraten.

„Sie donnern sich auf, um Männern Dinge zu verkaufen, die sie verführerisch finden." Sie lächelt. „Deswegen, und damit sich andere Frauen scheiße fühlen."

„Und du bist ein Teil davon."

„Im Ernst", sagt sie. „Ich denke über diese Dinge nach. Aber ich glaube, es ist einfach so. Frauen schmücken sich seit Jahrhunderten, das ist so ein Ritual-Ding …"

Eine soziologische Abhandlung aus dem Mund eines Models, genau das, was ich verdient habe.

*

Im Whirlpool reichen Bob, Cathy und Kelly eine Flasche Mineralwasser herum. Ich trinke Whisky. Die Eiswürfel schmelzen schnell.

Kelly sagt, in ihrer Schauspielklasse wird gerade „Geschlossene Gesellschaft" von Sartre einstudiert.

„Hast du es gelesen?", fragt sie mich.

Ich nicke. Etwa zehn Mal.

„Was hältst du davon?"

„Sartre und Camus waren einfach zwei Typen, die nicht zum Schuss kamen", erwidere ich und zitiere damit jemanden von einer College-Party, vielleicht auch mich selbst. „Sie haben weder besonders gut ausgesehen noch waren sie reich, also haben sie beschlossen, Star-Philosophen zu werden."

Kelly nickt. „Ja, ich würde es mit beiden machen."

Bob lacht, schaut dann aber zu Cathy, die dem Gespräch nicht folgt. „Hast du in letzter Zeit irgendwelche guten Filme gesehen?", fragt er sie.

Bald genug sind Bob und Cathy in den neuesten Film von John Hughes vertieft.

Kelly zwinkert mir zu, und eine ihrer Hände gleitet ins Wasser. Die Hand berührt mein Knie und rutscht dann an meinem Schenkel hoch. Ich blende Bob und Cathy aus und bemühe mich, die idyllische Situation, in der ich mich befinde, zu genießen ... Kelly ... Mond ... Meer ... warmes Wasser auf meinem Körper ... einen runtergeholt bekommen ...

Ich erlebe eine Filmszene, und denke mir unterdessen, dass ich einen neuen Film brauche.

*

Ich befinde mich in einem dunklen Raum und wälze mich in einem fremden Bett mit einem wahrhaft sensationell drallen Körper herum und versuche diesem klarzumachen, dass das womöglich keine gute Idee ist.

„Hast du Angst vor Krankheiten?"

„Ja, aber das ist nicht das einzige Problem."

Sie wartet auf eine Erklärung.

„Willst du, dass ich etwas Schreckliches sage, im Stil von ‚das Problem bin ich und nicht du'?", frage ich.

Sie schüttelt den Kopf. Und sagt dann: „Können wir uns nicht wenigstens im Arm halten?"

Das tun wir.

*

Als wir am nächsten Morgen aufstehen, möchte ich Bob fragen, wie mein Verhalten vom gestrigen Abend zu seiner Theorie passt, doch er und Cathy sind weg. Ich kann mich nicht mehr daran erinnern, ob ich es mögen und mich dabei schuldig fühlen sollte, oder ob ich es nicht mögen und mich nicht schuldig fühlen sollte, oder ob ich es mögen und mich nicht schuldig fühlen sollte, oder was noch mal?

Kelly und ich frühstücken Erdbeeren, Sahne, Sekt und Orangensaft auf der Terrasse.

Ich freue mich wahnsinnig, meine Sonnenbrille dabei zu haben.

*

Kelly fährt mich zu dem Restaurant, wo ich meinen Wagen stehen gelassen habe, und ich bin überrascht, dass er nicht abgeschleppt worden ist.

„Und?", fragt sie.

Ich starre meinen Wagen an – wirklich glücklich, dass er nicht abgeschleppt worden ist.

„Rufst du mich mal an?", fragt sie.

„Soll ich das wirklich?"

Pause.

Wir küssen uns und fahren beide weg.

Ich schiebe U2 ins Kassettendeck. *„And we can break through, though torn in two we can be one, I will begin again, I will begin again ..."*, und ich denke darüber nach, dass ich, als ich noch jünger und religiöser war, glaubte, alles im Leben geschähe aus einem bestimmten Grund.

*

Wieder zu Hause, öffne ich die Tür und sehe Becky, die in meinem Morgenmantel auf dem schäbigen Orient-Teppich liegt und ihren Text von „Warten auf Godot" einstudiert.

Ich frage mich, wie sich Jean-Paul, Albert und Samuel wohl fühlen würden, wenn sie wüssten, wie populär sie im Amerika der 1980er sind.

„Guten Morgen", sage ich.

Sie schaut nicht auf. Ich weiß sofort, dass es schlimmer werden wird, als ich erwartet habe.

Die Wohnung ist ein großes Holzfußbodenrechteck, auf dem sich eine Küche befindet, ein Schreibtisch, der Computer, Barhocker, der Futon, Videorekorder und Fernseher, Plattenspieler und Tapedeck und CD-Player und Lautsprecher, alles in einem Raum. Die Fenster in der unverputzten Backsteinmauer schauen nach Westen aufs Meer. Das kleine Schlafzimmer ist auf der Nordseite, das kleine Badezimmer auf der Südseite. Um mich Beckys Blick zu entziehen, muss ich mich in eines dieser beiden Zimmer zurückziehen.

Nein, denke ich mir, dieser Sache stellst du dich, Zeke.

„Wie laufen die Proben?", frage ich zaghaft.

Sie schaut nicht auf.

„Kommst du mittlerweile mit Miss TV-Star zurecht?"

Keine Antwort.

„Das Stück wird fürs Kabelfernsehen mitgeschnitten, stimmt's?"

Nada.

„Tut mir leid."

Sie schaut immer noch nicht auf.

„Nicht der Mitschnitt fürs Kabelfernsehen", sage ich. „Ich meine, tut mir leid, dass ich …, du weißt schon."

Nichts.

„Möchtest du darüber reden?"

Null.

„Oder möchtest du mich lieber ignorieren?"

Sie hockt da.

„Na gut. Solange du nur vor dich hinbrütest, weil du es willst."

Sie blättert eine Seite um.

„Ich habe heute mit diesem Regisseur gesprochen", sage ich. „Also, genauer gesagt, einem angehenden Regisseur, Bob Simmons, und ich habe ihm erzählt, dass du in einer weiblich besetzten Version von ‚Warten auf Godot' mitspielst, woraufhin er meinte, dass das so sei, als würde man ‚Jesus Christ Superstar' mit Homosexuellen aufführen." Damit will ich sie natürlich auf die Palme bringen und eine Reaktion provozieren.

Sie rührt sich nicht.

Ich denke mir, falls sie das Verletztsein nur spielt, dann liefert sie eine überzeugende Vorstellung ab, doch dann fange ich mich wieder und mir wird bewusst, dass sie natürlich wirklich verletzt ist.

Doch was tun?

Ich gehe zum Kühlschrank rüber und hole mir mein Abendessen heraus – ein Corona mit einer Scheibe Limone – und entdecke eine fast leere Weinflasche neben ihren Tofuburgern. Ich kann mich erinnern, dass hier vor ein paar Tagen noch mindestens zwei oder drei Flaschen drin waren. Ein Lebenszeichen?

Ich schaue zu ihr hinüber. Neben einem ihrer nackten Füße steht ein leeres Glas. „Hast du ein bisschen getrunken?"

Ich glaube einen Anflug von Lächeln auszumachen, kann mich aber auch täuschen. Ich gehe rüber und setze mich neben ihr auf den Teppich.

„Was zum Teufel ist nur falsch gelaufen", sage ich. „Und ich meine gar nicht gestern Nacht. Mir ist klar, dass das falsch war. Ich meine, was ist vorher falsch gelaufen?"

Wieder keinerlei Reaktion.

„Ich dachte, du wolltest reden."

Niente.

„Ich will reden. Ich will diese Sache klären." Habe ich das wirklich gesagt?

Wieder nichts.

Ich trinke mein Abendessen aus, gehe ins Schlafzimmer und lege mich aufs Bett, ohne etwas auszuziehen außer meinen Schuhen.

Ich liege mit geschlossenen Augen da, dann mit geöffneten.

Ich habe Halsschmerzen, Kopfschmerzen, Muskelschmerzen. Ich befürchte, mein Leib und meine Seele könnten den Punkt überschritten haben, ab dem sie sich nicht mehr auf natürliche Weise regenerieren.

Ich stehe auf und schaue aus dem Fenster auf einen weiteren gottverdammt sonnigen Tag. Ein Straßenmusiker auf der Uferpromenade gibt eine gekrächzte Version von „Blowin' In The Wind" zum Besten. Über ihm schwingen zwei besonders große Palmen leicht in der Meeresbrise, und die Sonne steht in einem vollkommenen Drei-Uhr-Winkel, der auf den brechenden Wellen ein Glitzern erzeugt, während zwei große Segelboote auf entgegengesetzten Wegen gegen den Wind kreuzen.

Ich weiß nicht, wie lange ich hinausstarre, als ich durch etwas unten auf der Uferpromenade abgelenkt werde. Gleich neben unserem hiesigen Dylan stehen zwei Männer, die sich Obszönitäten an den Kopf werfen.

„Fick dich!"

„Fick dich doch selber!"

„Das würdest du wohl gerne, was, du Schwuchtel?!"

Es sind zwei erwachsene Männer. Der eine ist ein vollprofessioneller Venice-Beach-Penner, komplett mit Ratso-Rizzo-Mantel für den Minus-

Zwanzig-Grad-Frost, in der Hand eine Nulldrei-Flasche Bier. Der andere hüpft unentwegt hin und her, wobei sein Hosenbein im Wind flattert. Ich bemerke, dass er nur ein Bein hat. Seine Krücken liegen knapp zehn Meter hinter ihm auf einer Bank.

Der Musikant spielt weiter und beobachtet dabei die beiden. Auch das Interesse seines Publikums verlagert sich auf den Streit.

Plötzlich, als er bemerkt, dass er die Aufmerksamkeit aller Anwesenden auf sich gezogen hat, geht der Einbeinige mit einer schnellen Rechten auf den Penner los, die diesen mitten auf der Nase trifft. Leicht benommen zieht sich der Penner zurück. Der Einbeinige ruft ihm noch einige Obszönitäten nach, spuckt aus und kehrt zur Bank zurück, wo er sich neben seine Krücken setzt.

Die Menge wendet sich wieder dem Musikanten zu. *„How many times must the cannonballs fly ...".*

Ich schaue dem Penner hinterher, der sich in eine Häuserecke schleicht und seine blutige Nase betastet. Er legt sich hin und trinkt aus seiner Nulldrei-Flasche.

Als er die Flasche geleert hat, geht der Penner zum einbeinigen Mann rüber, und sie fangen an zu reden. Ich wünschte, ich könnte ihr Gespräch verstehen.

Der Musikant versteht es offensichtlich. Während er weitersingt, schaut er hinüber.

Der einbeinige Mann schreit: „Tritt mir verdammt noch mal nie wieder gegen die Krücken, Junge."

Ich kann nicht verstehen, was der Penner entgegnet.

„Wir können Freunde sein, Mann", schreit der einbeinige Mann, „nur tritt mir verdammt noch mal nie wieder gegen die Krücken."

Der Penner murmelt irgendwas.

„Ist mir egal, ob ich ein Arschloch war", schreit der einbeinige Mann weiter, „tritt mir nur verdammt noch mal nie wieder gegen die Krücken." Dann springt er auf und schwingt eine wütende Rechte, doch der Penner stolpert aus ihrer Bahn, woraufhin der Einbeinige das Gleichgewicht verliert und auf den Asphalt stürzt. Er rollt sich ab und springt gleich wieder auf. Der Penner lässt ihm eine Menge Platz. Beide fangen gleichzeitig zu schreien an.

Sing weiter, Herr Musikant, sage ich zu mir selbst. Irgendwie glaube ich, dass alles gut werden wird, solange er nur weitersingt.

Aber der Musikant und sein Publikum sind gebannt. Selbst ich ertappe mich dabei, wie ich denke, dass dies ein interessanter Kampf werden könnte. Abstoßend, aber unterhaltsam.

Der Penner sieht, dass ihn alle anschauen, schüttelt daraufhin den Kopf und geht weg. Der einbeinige Mann flucht ihm hinterher, spuckt noch einmal aus und kehrt zu seinen Krücken auf die Bank zurück.

Der Musikant nimmt sein Lied wieder auf, und die Aufmerksamkeit der Menge folgt ihm. Ich schaue nach draußen auf die Palmen und die Sonne und die Segelboote und höre der Musik zu. *„How many times must a man turn his head and pretend that he just doesn't see ..."*, doch dann hört er auf.

Der Penner, entweder ein hartnäckiger Friedensfreund oder ein totaler Masochist, nähert sich dem einbeinigen Mann ein weiteres Mal.

Sing weiter, Herr Musikant.

Doch alle sind mehr daran interessiert, was als Nächstes kommt.

Ich drehe mich weg und gehe zurück ins Zimmer, wo Becky immer noch genauso dahockt, wie ich sie zurückgelassen habe, außer dass sie nun auf ihre Hände starrt. Ich setze mich neben sie. Sie will mich immer noch nicht anschauen, aber ich kann ihre Augen sehen, und die sind rot.

„Hey."

Sie betrachtet ihre Hände.

„Ich werde reden", sage ich. „Ich tue einfach so, als wäre ich in einem Beichtstuhl. Deine Rolle wird sein, mir hinterher zu sagen, dass ich zwanzigtausend Ave-Maria zu beten habe. Okay?"

Immer noch keine Reaktion.

„Also gut", sage ich und versuche dann, alles in einem Atemzug herauszubringen: „Ich hatte im Büro einen noch schlimmeren Tag als den üblichen schlimmen Tag und bin dann mit Susie und Wendy in einen Club gefahren, um diese Band zu sehen, die sie kennen, und die Sängerin, die ich auf so eine verquere fantasiemäßige Art attraktiv fand, hat nach dem Konzert mit mir geflirtet, also habe ich sie auf diese Party am Blue Jay Way gefahren, wo wir in diesen Fitnessraum gegangen sind und fast gefickt hätten, sie hatte aber Herpes und es mir, Gott sei Dank, gesagt, also bin ich mit Wendy und Susie weggefahren, zu Susie, wo wir alle total hinüber waren, und ich bin eingeschlafen, dann aber wieder aufgewacht, und ich hatte Sex mit beiden und bin dann ins Büro, konnte es dort aber nicht ertragen, bin also wieder gegangen und herumgefahren, und ich weiß nicht, wonach ich gesucht habe, aber am Ende bin ich in San Clemente und dann in Newport gelandet, wo ich mit Bob Simmons Essen war, und dann sind wir in diese beachige Bar gegangen und von da aus in das Strandhaus von dem Mann dieses Mädchens gefahren, in dem wir betrunken in einem Whirlpool gesessen haben, und ich war zu betrunken oder zu müde oder zu benommen oder zu besoffen oder zu angewidert zum Ficken, und dann bin ich schließlich eingeschlafen, und als ich aufgestanden bin, hat sie mich zu meinem Wagen gebracht, und ich bin nach Hause gefahren."

„Was?"

„Reden wir jetzt miteinander?"

„Was hast du gesagt?"

„Dass ich dich in den letzten beiden Nächten betrogen habe."

„Ja", sagt sie, „das habe ich gehört."

„Wieso hast du dann ‚Was?' gesagt?"

„Ich will wissen, was du da gerade gesagt hast."

„Ich habe nur gesagt, dass ich dich betrogen habe. Vierfach, falls du einen Dreier doppelt zählst."

„Was hast du da über Herpes gesagt?"

„Mit der habe ich nicht geschlafen."

Pause.

„Warum?", fragt Becky schließlich.

„Warum ich nicht mit ihr geschlafen habe?"

„Warum hast du das getan?"

„Ja, also ... das ist ein bisschen schwerer zu erklären."

„Hast du ein Kondom benutzt?"

„Nein, aber Wendy und Susie haben nichts."

„Woher weißt du das?"

„Sie sind paranoid. Sie lassen sich monatlich untersuchen."

Becky starrt mich an.

„Du solltest auch wissen, dass es nirgends zum Fick gekommen ist."

„Es ist nirgends zum Fick gekommen."

„Wir haben nur rumgemacht."

Pause.

„Und, hat's Spaß gemacht?"

„Mir ist es schon schlechter ergangen."

„Schön."

„Das war nicht ernst gemeint."

„Du erwartest doch, dass ich jetzt solche Fragen stelle", fragt sie, „stimmt's?"

„Was?"

„Das hast du doch nur getan, damit ich solche Fragen stelle und du dich rechtfertigen kannst, oder?"

„Nein."

„Warum?"

Es gib darauf keine gute Antwort. So viel weiß ich.

„Was ist es, das dich zur Gosse zieht?", fragt sie.

„Wir alle liegen in der Gosse, doch manch einer von uns schaut auf zu den Sternen", entgegne ich mit der nötigen Ironie.

„Oscar Wilde", antwortet sie richtig.

„Wir alle liegen in der Gosse, doch manch einer von uns schaut auf den Schleim."

„Irgendein Kasper", antwortet sie, wieder richtig.

Ich nicke.

„Und jetzt?", fragt sie.

„Hol das Gewehr raus und erschieß mich."

„Ich hab Angst vor dem Gewehr."

„Erschlag mich."

„Nein."

„Verstümmle mich."

„Nein."

„Fessle mich und peitsch mich mit Seidenkrawatten aus."

„Vielleicht." Sie lächelt, und mir geht es besser.

Doch plötzlich weint sie, und ich fühle mich extrem unwohl, und dann halten wir uns fest und küssen uns, während sie weiterweint. In ihrem Kopf geht fast immer viel mehr vor, als ich auch nur zu verstehen vorgeben könnte.

Und dann haben wir plötzlich Sex, was mir vernünftiger vorkommt als zu weinen, und einer von uns hat meine David-Bowie-Heroes-Kassette angemacht, und die Sonne scheint durch die offenen Fenster auf unsere verschwitzten Körper, und es ist warm, und alles andere ist unwichtig.

*

Hinterher strahlen wir beide in diesem postkoitalen Glanz und brunchen, aber Becky wirkt auch traurig. Schweigend macht sie das Omelette, während ich die Bloody Marys zubereite. Sie weiß, dass es mich umbringt, sie so traurig zu sehen.

„Ich fühle mich wie beim Schuleschwänzen", sage ich im Versuch, sie aufzuheitern.

„So fühle ich mich fast jeden Tag", sagt sie.

„Muss großartig sein", sage ich.

„Nicht wirklich."

Ich schüttele die Bloody Marys.

„Ich habe den Werbespot nicht gekriegt", sagt sie.

„Ist doch gut."

„Ich habe das Geld gebraucht."

„Das war doch eine bescheuerte Werbung", sage ich. „Gott bestraft die Menschen, die ihr Talent missbrauchen."

„Ich habe diesen Monat nicht das Geld, um meine Hälfte der Miete zu zahlen."

„Du hättest den Werbespot bekommen sollen", sage ich lächelnd.

„Ich weiß", sagt sie, ohne zu lächeln.

„Für den Fall, dass du dich dann besser fühlst", sage ich. „Ich habe auch nicht das Geld, um meine Hälfte zu bezahlen."

„Perfekt."

„Probier mal." Ich reiche ihr eine Bloody Mary. Wenn ich sie schon nicht aufheitern kann, dann vielleicht der Alk.

Sie nippt und überlegt.

„Mehr Worcester-Sauce?", frage ich.

Sie nickt.

Ich schütte alles zurück in den Shaker und gebe mehr Worcestershire-Sauce hinzu.

„Das mit der Miete war Spaß, oder?", fragt sie.

„Nein. Ich habe Visa abbezahlt, und jetzt bleibt mir die Wahl zwischen American Express und der Miete. Aus irgendeinem Grund habe ich angenommen, dass du in der Lage wärst, die Miete zu übernehmen."

„Du hast in letzter Zeit eine ganze Menge merkwürdiger Ideen gehabt."

„Das ist wahr."

Sie schaut zum IBM-PC hinüber, einem teuren weißen Elefanten, den ich gekauft hatte, als ich bei Big Gun anfing - damals noch in dem Glauben, ich würde dort nur so lange arbeiten, bis ich ein neues Drehbuch runtergeschrieben hätte. In den letzten paar Monaten habe ich gerade mal die ersten zehn Seiten runtergeschrieben.

„Denk nur daran, wie nützlich das Ding beim Briefeschreiben und so war", sage ich auch im Blick auf den Laserdrucker.

Ich habe mich an unsere Konsumartikel gewöhnt, was wahrscheinlich Teil der Krankheit ist, doch manchmal sitze ich einfach da und starre sie an: den Fernseher, den Videorekorder, die blinkende Stereoanlage, den Computer und den Drucker, und mir gefällt, wie alles aussieht.

„Du solltest schreiben", sagt sie.

„Ja", sage ich, „dann wäre ich schon vor Monaten pleite gewesen."

„Du solltest wirklich schreiben."

„Warum?"

„Darum."

Ich schüttele den Kopf. „Ich weiß nicht."

„Was machen wir jetzt?", fragt sie.

Ich zucke mit den Schultern.

„Papi?" Sie meint meinen, nicht ihren. Sie kommt aus einer Arbeiterfamilie aus Minnesota. Ich habe sie nie wirklich kennen gelernt, aber in meiner Vorstellung sind sie tapfere herzliche Menschen, das Salz der Erde und das Rückgrat unseres Landes und so weiter. Sie unterstützen Becky „emotional", finanziert hat sie sich jedoch immer selbst seit sie siebzehn war und nach New York City gezogen ist.

Becky hat meine Familie auch nicht kennen gelernt. Alles was sie weiß, ist, dass wir uns nicht besonders nahe stehen und ich nicht besonders gern über sie rede. Es wundert mich daher, dass sie vorschlägt, ich solle doch meinen Vater um eine Finanzspritze anhauen.

„Mein Vater befindet sich mitten in einer Midlifecrisis", sage ich. „Er hat eine Auszeit genommen, um wie Hemingway oder so durch Europa zu reisen. Als er noch jung war, hat er so etwas nie gemacht, darum tut er es jetzt."

„Wirklich?"

„Er will sich noch mal richtig die Hörner abstoßen."

„Hoffentlich tut er sich dabei nicht weh."

„Und ich hoffe, er behält seine Lebensversicherung."

Ich reiche ihr eine frische Bloody Mary.

Sie nippt daran. „Gut."

Ich mache ihr Glas ganz voll und schenke auch mir eine ein.

„Was machen wir jetzt?", fragt sie noch einmal.

Ich habe sie nicht gerade aufgemuntert. „Frühstücken."

Danach waschen wir zusammen ab. Sie spült und ich benutze meine langen Arme zum Abtrocknen und Wegräumen. Wir reden nicht.

*

Wir sonnen uns auf dem Dach in unseren Liegestühlen. Die Nachmittagssonne ist blendend grell, darum tragen wir beide Sonnenbrillen. Becky cremt sich selbst mit Bain de Soleil ein – sie quetscht dabei praktisch eine ganze Tube aus. Obwohl sie gerne in der Sonne liegt, möchte Becky nicht zu braun werden.

„Soll ich dir helfen?", frage ich.

„Bin schon fertig."

Sie sieht immer noch ein wenig traurig aus, und ich möchte immer noch etwas sagen, was sie zum Lächeln bringt, also nehme ich die Mineralwasserflasche. „Damit kann man Ameisen verbrennen", sage ich.

„Was?"

„Wenn du diese Flasche genau richtig hältst, wirkt sie wie ein Vergrößerungsglas, und du kannst damit Ameisen oder Spinnen oder sonst was braten."

Sie zollt dem keinerlei Tribut. Mit ihrer Sonnenbrille weiß ich noch nicht einmal, ob sie herschaut.

Ich stelle die Flasche hin und starre hinaus zu den Palmen, die sich fast auf Augenhöhe befinden. „Wo wärst du jetzt, wenn du dir leisten könntest, überall zu sein und alles zu tun?", frage ich.

Pause.

„In L.A.", sagt sie.

„Mein Gott, jetzt mache ich mir aber wirklich Sorgen um dich."

Becky lacht ein wenig. „Wenn ich genug Geld hätte, dann könnte ich doch jeden Film drehen, den ich drehen wollte, und könnte mir jede Rolle geben, die mir gefällt."

„Die übliche Hollywood-Fantasie."

„Stimmt aber."

„Wie es Miss TV-Star in deinem Stück tut", füge ich hinzu.

„Genau."

„Und niemand nimmt sie ernst."

„Sie nimmt sich selbst ernst."

„Wie schlecht wird sie sein?"

„Vielleicht ist sie sogar gut."

„Wirklich?"

„Und wenn es nichts wird, dann hat sie Eimer voller Geld, die sie vollheulen kann."

Ich nicke. „Genau."

„Du arbeitest schon zu lange bei Big Gun", sagt sie. „Das ganze Land ist nicht so dumm wie Big Gun es sich erhofft."

„Wie kommst du darauf?"

„Weil es so ist."

„Hast du die Gagen in der Variety von dieser Woche gesehen?"

„Na ja", sagt sie, „ich weiß nicht. Mir wäre es nur einfach recht, wenn ich mir keine Gedanken darüber machen müsste, das Stück aufzugeben, um in einem Rock-Video irgend so eine Fantasie-Schlampe mit Linoleum-Hirn zu spielen. Obwohl, tun würde ich das schon."

„Glaubst du, die Welt wäre besser, wenn wir Geld hätten?"

„Scheiße, ja."

„Natürlich."

„Nein", sagt sie, „das ist es nicht."

„Nein, ich frage mich nur, wie wir die Miete bezahlen sollen."
„Das macht mir auch ein bisschen Sorgen."
„Ich mache mir keine Sorgen", sage ich. „Ich bin nur neugierig."
„Ich mache mir Sorgen."
„Lass es einfach."
„Ich bin mit keinem Knopf ausgestattet, auf dem steht: ‚Drücken Sie hier, um Sorgen, Ängste und sonstige Gefühle auszuschalten.'"

Ich drücke auf ihren Bauchnabel, eine mit wenig Begeisterung aufgenommene Geste.

„Wie machst du das?", fragt sie.
„Was?"
„Dich ausschalten."
„Das tue ich nicht."
„Ich weiß, irgendwo da drin hast du Gefühle."

Wir sitzen eine lange Zeit da und braten in der Sonne. Becky geht es offenbar immer noch nicht besser, was auch verhindert, dass es mir besser geht.

Irgendwann wird die Sonne von schweren Wolken aus dem Westen verdunkelt.

„Sollen wir reingehen?", frage ich.
„Ich muss ausziehen."
„Hä?"
„Ich werde mir eine eigene Wohnung suchen."
„Wovon sprichst du?"
„Zeke", sagt sie, „du weißt doch auch, dass diese Situation sozusagen … auf eine Sackgasse hinausläuft."
„Ja, und deshalb …"

Sie schüttelt den Kopf.

„Wir sind halt mit der Miete ein bisschen spät dran", sage ich. „Wir werden sie irgendwie bezahlen. Vielleicht suche ich mir eine richtige Arbeit. Weißt du, ich könnte als Barmixer mehr Geld verdienen. Und Drinks mixen ist ein guter, männlicher und ehrwürdiger Beruf, und man wird immer gebraucht, ich könnte ..." Ich halte den Mund. Wenn meine Mutter ihren einzigen Sohn, der beinahe perfekte Resultate bei der Zulassungsprüfung zum College erzielte, auch nur darüber scherzen hören könnte, Barmixer zu werden ... es würde sie zu Sylvia Plath zurückbringen.

„Es ist nicht das Geld" , sagt Becky, „und das weißt du."

„Ich weiß." Ich denke aber, dass es nicht besonders klug wäre, ihr jetzt mit der Geschichte von der Pest zu kommen. „Was ist es dann?"

„Ich weiß es nicht", sagt sie, „Weil du es mir nicht sagen willst."

„Weil ich dir was nicht sagen will?"

„Warum du dich so aufgeführt hast."

„Wie denn?" Mich dumm stellen, was für eine dumme Idee.

Becky schüttelt resigniert den Kopf. „Irgendwas stimmt offensichtlich nicht", sagt sie, „aber wenn du nicht darüber reden willst..."

„Wir reden doch gerade."

„Nein."

„Ich habe gesehen, wie sich deine Lippen bewegt haben."

„Du gehst raus und tust diese abgedrehten Dinge, um mich auf die Probe zu stellen oder wozu auch immer, kommst dann zurück, und wir ficken miteinander, und dann tust du so, als sei alles in Ordnung."

„Ich denke nicht, dass alles in Ordnung ist."

„Wir ficken", sagt sie. „Traurig aber wahr, wir ficken einfach nur. Als es zum bloßen Ficken verkam, hätte ich ausziehen sollen."

„Wir ficken doch nicht nur."

„Für mich tun wir das."

Meine Kehle fühlt sich reichlich trocken an.

„Ich komme nicht mehr an dich ran", sagt Becky. „Ich tue was ich kann, und du ... wendest dich immer nur ab."

Ich nehme einen großen Schluck Mineralwasser.

„Und dabei bildet sich ein gewisses Muster heraus", sagt sie. „Du tust abgedrehte Dinge, kommst nach Hause und fickst mich, und dann kommen wir hier hoch, liegen in der Sonne und tun so, als sei alles in Ordnung."

Ich nicke. Das ist eine ziemlich zutreffende Zusammenfassung.

„Das ist abartig", sagt sie. „Und irgendjemand muss dem ein Ende bereiten."

Ich nicke.

Meine Güte. Bin ich emotional zurückgeblieben, oder was? Können wir nicht miteinander kommunizieren? Haben wir uns auf die Stufe von sprachlosen Tieren zurückentwickelt?

Ich schaue zu ihr hinüber, als sie aufsteht, und ich kann unter ihrer Sonnenbrille Tränen hervorkommen sehen. Ich bekomme Bauchschmerzen.

*

Sie verlässt die Wohnung mit einem Sportsack und einer riesigen Handtasche. Ich bleibe allein in meinen Madras-Shorts zurück. „Allein in meinen Madras-Shorts" fällt mir als guter Titel für einen Film oder für einen Song ein, vielleicht ein bisschen zu lang.

Ich hole mir ein Bier aus dem Kühlschrank, setze mich auf den Futon und werde von einer ernsten Depression ergriffen.

Sie ist weg.

Ich sage mir, dass das schon in Ordnung ist, doch mein Bauch liefert Gegenargumente. Ich versuche an etwas Beruhigendes zu denken. Mir fällt nichts ein. All die Dinge, von denen mir gesagt wurde, dass sie Frieden bringen: Geld, Sicherheit, Macht, Sex, einem katholischen Gott zu dienen, der einen kranken Humor hat … das müssen Scherze gewesen sein.

Ich habe natürlich schon früher den Verdacht gehegt, dass das alles nur Scherz war, in letzter Zeit aber erscheint mir das Ganze besonders weit herbeigeholt.

Vielleicht sollte ich mich gnadenlos besaufen, in ein Tattoo-Studio gehen und mir „NO FAITH" auf die Stirn stechen lassen.

Vielleicht verlier ich gerade meinen Verstand?

Rock and Roll. Ja, da ist immer noch Rock and Roll. Ich überlege mir, eine CD aufzulegen. „Boys Don't Cry" von The Cure vielleicht, aber nein, The Cure sind eher was für die Nacht, das wird tagsüber nicht funktionieren. Velvet Underground? Nein, da drängt sich mir sofort eine Erinnerung an Lou Reed auf, in der er für eine Honda-Moped-Reklame den Deppen gegeben hat. Die Pest hat sich sogar in den Rock and Roll hineingefressen.

Ich hole meine Packung Camel raus, zünde mir eine an und studiere die Packung: ein Kamel, drei Palmen und das Wort CHOICE in Großbuchstaben gleich neben dem Strichcode.

Im Schlafzimmer durchwühle ich Beckys Schubladen, bis ich gefunden habe, wonach ich suche: eine Beretta-Pistole, die ihr Beckys Eltern gekauft haben, nachdem sie in Reader's Digest einen Beitrag über den gefährlichen Abschaum von Venice Beach gelesen hatten.

Ich betaste den harten, glatten Stahl. Dies ist die gleiche Waffe, die James Bond in seinen ersten Filmen benutzt hat. Also nehme ich eine James-Bond-Pose vor dem Spiegel ein, gehe dann aber zu De Niro in Taxi Driver über.

„You talking to me? You must be talking to me 'cause I'm the only one here."

Plötzlich richte ich die Pistole auf meine Schläfe. Ich habe mich schon oft gefragt, wie sich das wohl anfühlt, und bin überrascht, wie leicht es geht. Aus irgendeinem Grund kommt es mir albern vor, die Waffe so zu halten, also lache ich, doch es ist ein nervöses Lachen, das mich beunruhigt.

Ich betrachte das Spiegelbild. Dann richte ich die Pistole „genau zwischen die Augen". Doch davon muss ich nur schielen.

Ich versuche, meinen Mund zu öffnen und den Lauf hineinzuschieben. Das kommt mir so vor wie etwas, das ein Psychiater wahrscheinlich als latent homosexuell bezeichnen würde, also ziehe ich die Pistole wieder heraus.

Schließlich bin ich so schlau und vergewissere mich, dass die Waffe nicht geladen ist. Dann schließe ich meine Augen und richte die Waffe wieder auf meine Schläfe.

Ich drücke ab – KLICK.

Ich bekomme eine Gänsehaut.

Ich öffne meine Augen und hole das leere Magazin heraus, und gehe dann ins Bad und schaue in das Schränkchen über der Toilette, in dem Becky die Patronen versteckt hält. Ich greife ins oberste Fach und fühle etwas, was eine Schachtel Patronen sein könnte. Als ich sie herausziehe, stoße ich ein Fläschchen mit Tabletten um, und während ich versuche, die Tabletten aufzufangen, fallen mir die Patronen in die Toilette.

Die Toilettenschüssel ist auch dreckig.

Ich stehe da, mit der Pistole in der einen Hand und den Tabletten in der anderen, und starre auf die Patronen unten in der Schüssel.

Dann höre ich einen Schlüssel in der Tür. Ich stecke die Pistole in meine Hosentasche, klappe die Klobrille herunter und setze mich darauf.

„Zeke?"

„Hier drin."

Die Badezimmertür ist offen. Becky schaut herein, immer noch mit dem Sportsack und der Handtasche, mit denen sie weggegangen war. „Ich bin nur herumgefahren", sagt sie. „Ich weiß nicht, wo ich hin soll."

„Bleib hier", sage ich.

„Nur so lange, bis ich etwas anderes gefunden habe."

„Klar."

„Das sage ich nicht nur so dahin."

„Ich weiß."

Pause.

„Innerhalb der nächsten Woche habe ich was gefunden."

Ich nicke.

„Wirklich."

„Ich weiß."

Mir wird es auf dem Toilettensitz ungemütlich, ich will aber nicht aufstehen, solange sie die Waffe in meiner Hosentasche entdecken könnte.

„Ich ziehe mich jetzt für ein Vorsprechen an," sagt sie.

Ich nicke.

„Warum sitzt du hier drin?", fragt sie.

„Weil es gemütlich ist."

„Herrgott noch mal, Zeke, Warum tust du nicht irgendwas", sagt sie. „Du könntest doch einen Film gucken, oder so."

„Okay." Ich bleibe sitzen, froh darüber, dass Filme-Gucken als Beschäftigung durchgeht.

Sie starrt mich an.

„Was machen wir mit unserem Kram", frage ich. „Der Fernseher gehört praktisch dir."

„Unser Kram ist mir scheißegal," sagt sie und geht weg.

Ich fische die Patronen aus der Toilette.

*

Ich durchstöbere unsere Videos: American Graffiti, Bonnie und Clyde, The Breakfast Club, Easy Rider, Apocalypse Now, Animal House, Five Easy Pieces, Haie der Großstadt, Der Unbeugsame, Hier ist John Doe, Ist das Leben nicht schön?, On the Beach, Saturday Night Fever, Der Schläfer, Das Ende, Der Stadtneurotiker, Fluchtpunkt San Francisco, On Golden Blond, Die Reifeprüfung, und finde dann die Kassette, nach der ich suche.

Ich schiebe „Einer flog über das Kuckucksnest" in den Videorekorder, öffne noch ein Bier und setze etwas Popcorn auf. Gerade als das Studiologo den Bildschirm füllt, kommt Becky aus dem Schlafzimmer und geht Richtung Tür. Sie trägt einen kurzen schwarzen Lederrock und eines meiner weißen Button-Down-Hemden und sieht wahnsinnig sexy aus.

Ich stelle den Videorekorder auf Pause. „Wohin gehst du?"

„Zu einem Vorsprechen", sagt sie. „Das habe ich dir doch gerade erzählt."

„Ach, richtig."

Sie wendet sich zum Gehen, hält dann inne. „Was schaust du da?", fragt sie.

„Kuckucksnest."

„Kuckucksnest?"

Als kleiner irrationaler Protest hatte ich mich immer geweigert, dieses Video von ihr anzuschauen. Ich hatte einmal Ken Kesey in meiner Lieblingsfernsehshow gesehen, und da fragte Letterman Kesey, ob er jemals die Filmversion vom Kuckucksnest gesehen habe. Kesey antwortete, dass das so sei, als würde man zusehen, wie die eigene Tochter von einer Hell's-Angels-Bande vergewaltigt wird.

Becky weiß das alles und sieht mich komisch an.

„Ich wollte mir das schon immer mal anschauen", gestehe ich.

„Warum hast du deine Meinung geändert?"

Ich zucke mit den Schultern.

Sie sieht aus, als würde sie gleich losschreien oder sich die Haare ausreißen oder so etwas in der Art, geht aber stattdessen nur leise. Ich drücke auf die Fernbedienung und starte das Video.

*

Als der Film vorbei ist, starre ich eine lange Zeit auf den Bildschirm. Es ist ein großartiger Film – fast halb so gut wie der Roman.

Big Chief bekommt seine Freiheit, vorher aber muss McMurphy durch die Hirnoperation und sterben. Ein optimistisches Ende. Es ergreift mich und macht mir etwas klar und erzeugt in mir die Lust, etwas Nobles und Nützliches zu tun, oder zumindest eine Oberschwester zu erdrosseln.

Keseys Tochter wurde meiner Ansicht nach nicht von Hell's Angels vergewaltigt. Höchstens gesetzwidrig befummelt.

*

Absolut erschlagen lege ich meinen Kopf zurück und versuche zu schlafen. Ich schwebe in jenem halb-bewussten Zustand zwischen Nicht-richtig-Schlafen und Nicht-richtig-Wachsein. Schon häufig genug bin ich in diesem Zustand den Antworten auf meine Fragen begegnet, aber normalerweise schlafe ich einfach ein und vergesse sie.

Dieses Mal jedoch stehe ich mit der Antwort wieder auf.

Ich rufe bei meiner Lebensversicherung an und bitte sie, den Vertrag, den meine Großeltern für mich abgeschlossen haben, dahingehend zu ändern, dass statt meiner Eltern Becky die Begünstigte ist. Der Mann sagt, dass er mir die notwendigen Unterlagen zusenden wird.

Recht angetan von dieser „Lösung für alles" gehe ich zurück ins Bett und spüre, wie ich sanft entschlummere.

Hmmmm, ja, wie ein Säugling mit einer Flasche Whisky.

II. Akt

Ich werde wachgerüttelt, und mein erster Gedanke ist: ein großes Erdbeben. Endlich hat Gott beschlossen, sich Kaliforniens zu entledigen.
„Zeke, Zeke! Zeit, aufzustehen!"
Das ist kein Erdbeben.
„Wach auf, Zeke!"
Ein Unbekannter ist in meinem Schlafzimmer. Die Nachmittagssonne fällt hinter ihm durchs Fenster wie ein überbelichtetes Gegenlicht, sodass ich kein Gesicht erkennen kann.
„Wach auf!"
Ich kenne die Stimme. „Scheiße, Y.J., was …", setze ich an, werde aber von meinem eigenen Hustenanfall unterbrochen.
Y.J. entfernt sich vom Fenster und reicht mir ein Bier. Eines von meinen, mehrere Stunden alt. Ich setze mich auf und trinke, und würge so den Husten ab. Anschließend zünde ich mir eine Camel an und biete auch Y.J. eine an.
„Ich rauche nicht mehr", sagt er.

Y.J. trägt im Großen und Ganzen das Gleiche, was er auch getragen hat, als ich ihn vor ein paar Jahren zum letzten Mal sah: weißes T-Shirt, schwarzer Blazer, löchrige Levis und eine John-Lennon-Brille mit dunklen Gläsern.

Ich nehme noch einen Schluck von dem warmen, abgestandenen Bier. Dann biete ich Y.J. die Dose an.

„Die hab ich für dich reingebracht", sagt er.

Also behalte ich das Bier und leere den Rest. Ich fühle mich vollkommen erschlagen. „Welcher Tag ist heute?"

„Freitag."

Es kommt mir vor, als wäre ich gerade eben erst eingeschlafen. „Ich brauche etwas Ruhe", sage ich.

Y.J. schüttelt den Kopf.

Ich lege mich wieder zurück, schließe meine Augen und versuche, zurück ins Traumland zu kommen, werde jedoch immer wieder von diesen Gedanken heimgesucht – irgendetwas mit Selbstmord, ja, ich werde mich umbringen.

Während ich darüber nachgrüble, kommt Ruhe über mich. Friede in unseren Tagen, na endlich.

Y.J. aber dreht den Radiowecker auf, und Billy Idol schreit *„And there's nothing sure in this world, and there's nothing pure in this world ... start again ..."*

Ich setze mich auf und schalte die Musik aus. Langsam wird mein Blick klar, und ich sehe, dass da ein weißer Wolf auf meiner Hose sitzt.

„Komm schon, Blackie, geh von Zekes Kleidern runter", sagt Y.J.

Der Wolf geht weg.

„Blackie?", sage ich.

Y.J. nickt.

„Was hat ein Wolf hier drin zu suchen?", frage ich.

„Blackie ist ein halber Kojote, kein Wolf."

„Und was machst du hier drin? Wie bist du hier reingekommen?"

„Die Tür war nicht abgeschlossen", sagt er. „Ich wusste, dass du hier bist."

„Die Tür war abgeschlossen", sage ich. „Und woher hast du gewusst, dass ich hier bin?"

„Es war nicht abgeschlossen. Wie hätte ich sonst reinkommen sollen?"

„Und woher hast du gewusst, dass ich hier wohne?"

„Du bist doch hier, oder?"

So verlaufen Gespräche mit Y.J. immer. Ich asche in die Bierdose.

„Jetzt komm, Zeke", sagt er, „wir haben Multitudo zu tun."

„Multitudo?"

„Multitudo", sagt er. „Du hast doch nicht etwa vergessen, wie wir zusammen durch Latein gerasselt sind?"

„Ich hab's versucht."

Ich schaue ihn an, er zieht eine Augenbraue hoch und ich lache. Ogvassed hat mich immer zum Lachen gebracht.

„Multitudo, hä?"

„Ganz genau", sagt er.

Der weiße Kojote macht ‚wuff'.

*

Y.J. möchte sich unters Volk mischen, also wandern wir auf die Promenaden und gesellen uns zu den Tänzern, den Feiernden, Komikern, Musikern, Skatern, Exhibitionisten und Voyeuren und allen anderen, die hier rumhängen.

Venice Beach ist der einzige Ort in L.A., an dem ein verwirrter Mensch auf Drogen auf den Gedanken kommen könnte, er befinde sich in Greenwich Village, vorausgesetzt, er bemerkt den Strand nicht. Y.J. scheint es hier zu gefallen.

Der Typ mit der Windel und dem Drei-Meter-Kreuz ist auch unterwegs und schreit für die Menge. „Wenn jemand das Tier anbetet und sein Bild, der wird gequält werden mit Feuer und Schwefel."

„Er ist verrückt", stelle ich klar.

„Woher weißt du das?"

„Schau ihn dir doch an", sage ich.

„Wachet und betet, auf dass ihr würdig werdet zu entfliehen den Dingen, die da kommen."

„Das macht für mich absolut Sinn", sagt Y.J.

Tatsächlich ergibt es heute fast einen Sinn, was mich beunruhigt.

„Hier entlang", sagt Y.J., das Sidewalk Café anpeilend.

„Was hast du denn die ganze Zeit getrieben", frage ich. „Ich bekomme immer nur diese geheimnisvollen Postkarten von merkwürdigen Orten."

„Bin herumgereist."

„Das hab ich mir schon gedacht."

Pause.

„Was treibt dich nach L.A.?", frage ich.

„Du."

„Ich?"

„Ich wusste, ich würde für einige Gratismahlzeiten auf dich zählen können."

✷

Wir essen Heuvos Rancheros, und ich arbeite an meiner dritten Margarita, während Y.J. seinen zweiten Rotwein runterstürzt. Da ich mir noch nicht über diese Selbstmord-Sache klar geworden bin, denke ich mir, dass es hilfreich sein könnte, es zu verbalisieren, womit auch der Tequila einverstanden zu sein scheint. „Ich glaube, ich werde mich umbringen", sage ich und nehme darauf einen großen Schluck von meinem Drink.

Y.J. nickt.

Ich zünde mir eine Zigarette an.

„Camus hat gesagt, die einzig wichtige Frage im Leben sei, ob man sich das Leben nimmt oder nicht", sagt Y.J.

„Er selbst ist vom Filterlose-Rauchen gestorben."

„Ist das auch dein Plan?"

„Nein, das geht mir zu langsam."

„Also, was ist dein Plan", fragt Y.J. „Von einer Brücke springen? Pulsadern aufschneiden? Dich erhängen? Dich erschießen? Goldener Schuss?"

Ein Touristenpärchen in unserer Nähe belauscht uns, und so lehne ich mich vor. „Ich möchte keine öffentliche Erklärung abgeben."

Y.J. lehnt sich noch weiter vor. „Warum nicht?"

„Gute Frage."

Wir lehnen uns beide zurück.

„Wie wirst du es also tun?"

„Ich weiß noch nicht."

Pause.

„Aber du glaubst, dass du es wirklich tun könntest?"

Ich nicke.

„Warum?"

„Ich weiß nicht", sage ich. „Eine Weile habe ich gedacht, warum nicht? Welchen Grund habe ich, es nicht zu tun? Aber da ich auch keinen Grund hatte, es zu tun, war es die klassische Pattsituation."

„Aber jetzt hast du den Grund gefunden?"

„Ja."

„Das wird sicher lustig. Welchen denn?"

„Du hast doch Camus erwähnt."

„Ja."

„Also", sage ich. „Erinnerst du dich noch daran, wie wir zu dem Schluss gekommen sind, dass die Moral von ‚Die Pest' sei, entweder für oder gegen die Pest zu sein?"

„Ja. Wir waren siebzehn und bis oben hin zugekifft."

„Das hat mich in letzter Zeit wieder verfolgt. Ich habe festgestellt, dass ich jetzt irgendwie dafür bin."

„Du bist für die Pest?"

„Ich will nicht dafür sein, ich bin es einfach. Ich war ein Teil der Krankheit, der Dinge."

„Ah ja", sagt Y.J., „der Dinge."

Ich nicke.

„Also wirst du dich umbringen?"

„So lautet der Plan. Ich habe ihn zugegebenermaßen noch nicht ganz durchdacht."

„Wäre es nicht einfacher, die Seite zu wechseln?", fragt er. „Dagegen zu sein? Vielleicht ein Schild mit dir herumzutragen, auf dem steht ‚Ich bin gegen die Pest'?"

„Ich glaube kaum, dass ich Erlösung finde, indem ich ein Schild mit mir herumtrage."

„Erlösung finden?", sagt Y.J., „Es geht also um Erlösung?"

„Das ist Teil der Idee."

„Indem du abtrittst?"

„Ja also ..."

Y.J. grinst.

„Ich mache keinen Spaß", sage ich. „Nicht nur. Überleg doch mal. Was ist der ultimative Liebesakt?"

Y.J. nimmt einen Schluck Wein. „Sich zu opfern, natürlich."

„Und was ist das ultimative Selbstopfer?"

„Ich fange an zu begreifen."

Ich nicke und lehne mich zurück.

„Teufel noch mal", sagt Y.J. und wirft seine Hände in gespielter Kapitulation nach oben, „Ich bin überzeugt. Bring dich um."

Als die Touristen aufstehen, sehen sie uns an, als wären wir auf gemeingefährliche Weise verrückt.

Willkommen in Kalifornien, Leute.

„Was glaubst du, wie Rebecca reagieren wird?", fragt Y.J.

„Becky. Woher weißt du von Becky?"

Y.J. macht eine seiner pseudo-geheimnisvollen Gesten. „Die Schauspielerin, mit der du in wilder Ehe lebst."

„Das weiß ich. Aber woher weißt du von ihr?"

Y.J. lächelt. „Ich nehme an, sie soll das Geld von der Versicherung bekommen?"

„Ja", gebe ich zu. „Ich warte nur noch auf ein paar Papiere."

„Wann glaubst du, wirst du sie ausfüllen?"

„Montag."

„Und wann hast du vor, es zu tun?"

„Weiß nicht. Vielleicht am Abend."

„Am selben Abend. Denkst du nicht, dass das ein bisschen verdächtig wirken könnte?"

„Es geschehen permanent viel merkwürdigere Dinge. Ich muss nur dafür sorgen, dass mir niemand den Selbstmord nachweisen kann."

„Montag, hm?"

„Ich schätze, ja."

„Gut", sagt Y.J. „Gut. Das lässt mir noch ein bisschen Zeit, an dir zu arbeiten."

„An mir zu arbeiten?"

„Drei Tage bis Montag", sagt Y.J. „Möglichkeiten ..."

„Glaubst du, du kannst es mir ausreden?"

„Das habe ich nicht gesagt. Möglicherweise bringe ich dich gerade durch den Versuch, es dir auszureden, dazu, es zu tun." Y.J. lächelt sein verschmitztes Lächeln und leert seinen Wein.

Da ich nicht weiß, was ich sagen soll, signalisiere ich dem Kellner, die Rechnung zu bringen.

„Ich hoffe, du weißt, dass ich kein Geld habe", sagt Y.J.

„Selbstverständlich."

Ich drehe mich um und schaue mir die bunte Menschenmenge auf der Promenade an. Ich frage mich, wie viele von ihnen mit dem Gedanken an Selbstmord spielen.

Die Rechnung kommt und ich lege meine American-Express-Karte darauf.

„Das wird ... wild."

Ich bin mir nicht sicher, was er damit meint.

∗

Wir mischen uns wieder unter die Menge auf der Promenade und schlängeln uns vorwärts.

„Und was hat das alles ausgelöst?", fragt Y.J.

„Was? Meinst du den Selbstmord?"

Er nickt.

„Ich habe keine Ahnung. Alles."

„Du kommst mir bei all dem reichlich cool vor."

„Cool?"

„Du scheinst mir alles ganz gut im Griff zu haben", sagt Y.J. „Man sollte annehmen, dass jemand, der davon redet, sich umbringen zu wollen, außer sich wäre; andererseits warst du schon immer außergewöhnlich gut darin, so zu tun, als hättest du alles im Griff. Mich hast du damit natürlich nie hinters Licht geführt, aber fast alle anderen."

„Oh Mann, versuch es jetzt bloß nicht zu analysieren."

„Wieso nicht? Ich hab ja sonst nichts zu tun."

„Es ist keine logische Überlegung"

„Aber du tust so, als sei es logisch."

„Tue ich das?"

„Ja."

„Na ja", sage ich. „Ich weiß, dass es nicht logisch ist, aber das lässt die Gefühle nicht verschwinden."

Y.J. verzieht sein Gesicht und beginnt zu singen wie Barry Manilow oder Neil Sedaka oder wie sonst jemand aus dem Genre: *„Feelings, whoa, whoa feelings ..."*

Ein paar Köpfe drehen sich zu uns, ein nicht gerade kleiner Erfolg auf einer Promenade in Venice Beach.

„Entschuldigung", sagt er lachend, „ich konnte mich nicht zurückhalten."

Ich nicke und gebe mir Mühe, nicht zu lächeln.

„Okay", sagt Y.J., bemüht, halbwegs ernsthaft zu wirken, „du hast viel darüber nachgedacht."

Ich nicke.

„Und du hältst es für eine vernünftige Idee, dich umzubringen?"

„Es scheint mir eine gute Geste zu sein."

„Aha."

„Eine noble Geste."

„Aha."

„Und ich habe keinen Grund, es nicht zu tun."

„Und hey – es wird den Schmerz beenden."

„Genau", sage ich. „*It's a far, far better thing I do …*".

„… Ich glaube, ich hab begriffen", sagt Y.J. „Wir haben es hier mit einer spirituellen Krise zu tun."

„Ich weiß nicht, ob ich es als Krise bezeichnen würde."

„Das macht gerade groß die Runde", sagt Y.J. „Es ist eine Epidemie."

„Ich habe nichts davon in der Zeitung gelesen."

„Niemand will Panik im Volk auslösen."

„Natürlich."

Y.J.s Kopf schnellt plötzlich zur Seite, und ich schaue seinem Blick nach: ein atemberaubend hübsches, braun gebranntes Mädchen in einem rot-schwarzen Einteiler schwebt auf Rollerskaters an uns vorbei.

Wir schauen beide zueinander zurück, und ich bin froh, ihn ertappt zu haben.

✶

Wir bummeln zum Wasser hinunter, und lange sagt keiner von uns ein Wort. Möwen schwärmen um uns herum.

„Ich kann keine Möwe mehr sehen, ohne an das gottverdammte Buch zu denken", sage ich schließlich.

„Die Möwe Jonathan."

„Genau."

„Ratten mit Flügeln, mein Freund."

Wir gehen ein paar Minuten schweigend weiter. Es scheint Ebbe zu sein.

„Kannst du mir eine Karte für die Vorpremiere von ‚Warten auf Godot' am Sonntag besorgen?", fragt Y.J., als wir zu meinem Haus zurückgehen.

„Was?"

„Das Stück, in dem Becky mitspielt", sagt Y.J. „Ich würde es mir gerne mit dir zusammen anschauen."

„Okay."

Ich habe es ihm gegenüber nie erwähnt, weigere mich jedoch, ihn zu fragen, woher er davon weiß.

✶

Als wir das Treppenhaus hochkommen, sehe ich Becky vor unserer Tür stehen. Sie wirkt verwirrt. „In der Wohnung ist ein weißer Wolf", sagt sie.

„Ein Kojote", sagt Y.J.

Das scheint Rebecca nicht zu erleichtern.

„Es ist ein Haustier", erläutere ich.

„Wessen Haustier?", fragt Becky.

„Meins", sagt Y.J.

„Becky", verkünde ich, „das ist Y.J. Ogvassed."

„Und das da drin ist Blackie."

*

Y.J. geht mit Blackie spazieren, und ich bleibe mit Becky drinnen, bemüht um eine normale Erscheinung.

„Wer zum Teufel ist das?", fragt sie, sobald Y.J. die Tür hinter sich zugezogen hat.

Ich antworte ihr nicht, weil mir gerade etwas aufgefallen ist: Y.J. hat mir einen Selbstmordtermin zugeteilt.

„Wer ist das?", wiederholt Becky.

Ich habe ihn machen lassen. Genau genommen habe ich ihn dazu ermutigt.

„Zeke?"

„Ich weiß nicht, was ich dir sagen soll", sage ich und verriegele die Tür. Draußen vor dem Fenster ist die Sonne eben im Begriff unterzugehen, und Becky sieht in der dunstigen orangefarbenen Dämmerung aus wie eine Göttin, was eine schöne Kombination ist, auch wenn es keinen Zusammenhang gibt. Plötzlich habe ich ein brennendes Verlangen nach Sex. Ich gehe zu ihr und küsse sie.

„Was soll das, Sex am Tag?", fragt sie und zieht sich zurück.

„Hol's dir so lange du noch kannst", sage ich.

Wir beginnen uns zu küssen und uns zu befummeln, bis Beckys Nase plötzlich zu zucken anfängt. Obwohl ich zunächst vermute, es könnte sich dabei um irgendeine atavistische Frauensache handeln, macht sie den Gedanken zunichte, indem sie mich wegstößt. „Guck mal", sagt sie. „Der Wolf hat auf den Fußboden geschissen."

Ich schaue hin, und tatsächlich, Blackie hat auf den Fußboden gekackt.

Ich schaufele es mit einer alten Ausgabe des Hollywood Reporter auf und werfe es in die Toilette. Dann beginne ich die Stelle auf dem Boden mit Windex zu reinigen.

„Windex taugt nichts auf Hartholz", informiert mich Becky. Sie gibt mir einen Schwamm mit Seife. „Zeke, wer ist dieser Typ mit dem Wolf?"

„Das ist kein Wolf."

„Wer, verdammt noch mal, ist das?"

„Ein alter Freund aus dem Internat."

Ich säubere den Boden und werfe den Schwamm in die Spüle.

„Nicht in die Spüle! Wirf ihn weg!"

„Ich hab mal gelesen, dass Tierscheiße tatsächlich viel sauberer ist als Menschenscheiße."

„Wirf ihn weg, bitte."

Ich werfe ihn weg und wasche mir die Hände.

„Lass uns weitermachen", schlage ich vor, „bevor er zurückkommt."

Ich versuche ihr beim Ausziehen behilflich zu sein, doch sie entzieht sich und holt die Küchenmaschine heraus, um einen ihrer Gesundheits-Milchshakes zu machen.

„Übernachtet er hier?", fragt sie.

„Ich schätze mal."

„Was soll das heißen?"

„Ja", sage ich. „Ich denke, ja."

„Du weißt es aber nicht genau?"

„Wir haben nicht konkret darüber gesprochen."

„Woher kennst du ihn?"

„Das habe ich dir doch gesagt", sage ich. „Wir waren gute Freunde im Internat. Auf dem nach St. Marien."

„Wenn er ein guter Freund ist, warum habe ich ihn dann noch nicht kennen gelernt?"

„Irgendwie schneit er immer mal in mein Leben rein und ist dann wieder weg", sage ich. „Das letzte Mal habe ich ihn vor ein paar Jahren gesehen."

„Und wo könnte das gewesen sein?"

„Als ich meine Mutter in der Klapse besucht habe."

„Ach!"

Pause.

„Und, was macht er jetzt hier?", fragt sie.

„Er … besucht mich, glaube ich."
„Wo wohnt er?"
„Weiß ich nicht."
„Das klingt nicht gerade so, als würdest du ihn sehr gut kennen."
„Er gehört zu den Leuten, mit denen man richtig eng befreundet sein kann, auch wenn man sich längere Zeit nicht sieht. Männer sind so."
„Was macht er?"
„Wovon er lebt, meinst du?"
„Ja."
„Keine Ahnung."
Becky schüttelt den Kopf und füllt die Küchenmaschine.
„Selbst in der Schule wusste ich nie viel über ihn", erläutere ich. „Er hat damals behauptet, seine Eltern wären Hippies, die mit ihm in einer Kommune lebten, aber die Kommune wurde aufgelöst und er in ein Kinderheim gesteckt. Im Kinderheim haben sie entdeckt, dass er einen phänomenalen I.Q. hat, und so wurde er mit irgendeinem Stipendium aufs alte St. Lukas geschickt. Er hat niemandem viel über sich erzählt. Ich weiß nicht mal, wofür das Y.J. steht. Ogvassed hat er sich ausgedacht – er fand das damals witzig."
„Ich finde ihn merkwürdig."
„Das ist er auch."
„Und er übernachtet hier?"
„Sieht so aus."
Pause.
„Du hast also schon einen neuen Mitbewohner gefunden", sagt sie.
„Nein. Bei der Miete wird er mir wohl nicht helfen können."
„Ich nehme an, dass es mir nicht wirklich zusteht, mich zu beschweren."
Sie schaltet die Küchenmaschine an.
„Willst du, dass ich ihn rauswerfe?", frage ich über das elektrische Summen hinweg.
„Nein."

„Wenn du das willst, werde ich es tun."

„Nein, es ist deine Wohnung. Mach, was du willst. Ich bin sowieso bald weg."

„Ich werde ihn bitten zu gehen."

„Nein."

Pause.

„Warum hat er einen Wolf?"

„Das ist ein Hund", sage ich. „Halb Kojote, halb Promenadenmischung. Blackie."

„Übernachtet Blackie auch hier?"

„Anscheinend."

„Wird Blackie viel auf den Boden scheißen?"

„Ich werde ihn bitten, die Toilette zu benutzen."

„Y.J. oder Blackie?"

„Beide."

„Danke."

„Gern geschehen."

Becky schaltet die Küchenmaschine aus, schenkt sich ihr Gebräu ein und trinkt es aus.

Ich versuche erneut, ihr beim Ausziehen behilflich zu sein. Wieder lehnt sie ab.

„Jetzt komm schon."

„Ich gehe ins Bad", sagt sie.

„Kann ich mitkommen?"

„Nein." Sie lächelt. Das heißt: Ja, wenn ich ein paar Minuten warte.

Ich nehme etwas Tequila, um meinen milden Rausch aufzufrischen.

Als ich die Dusche höre, gehe ich ins Bad und ziehe mich aus.

„Ich fühle mich immer so versifft, wenn ich aus Hollywood zurückkomme", sagt Becky. „Die Luft ist so schmutzig."

Ich öffne den Duschvorhang, durchsichtiger Kunststoff mit unechten Blutspritzern und dem Psycho-Logo, und stelle mich dann ihr gegenüber in die Wanne.

Sie sieht mich an und lächelt. „Du hast heute gute Laune. Was ist los?"

Ich lächele, zucke mit den Schultern.

„Hast du irgendeine Ahnung, warum du diese manischen Stimmungsschwankungen hast?", fragt sie.

Ich nehme ihr die Seife weg und drehe sie um, sodass ich ihr den Rücken einseifen kann.

„Ich hätte dich nicht hier reinlassen dürfen", sagt sie. „Irgendwas stimmt wohl nicht mit mir."

Mit einem Finger zeichne ich in dem Seifenschaum ein Auge. „Was ist das?", frage ich.

„Weiß nicht."

Ich wiederhole das Motiv mit meinem Finger.

„Ein Kreis", sagt sie, „mit einem Loch in der Mitte."

„Ein Auge."

„Ein Auge?"

„Ja."

Als nächstes zeichne ich ein Herz. „Und was ist das?"

„Ein Herz?"

„Du kommst in Fahrt." Ich zeichne als nächstes ein vierbeiniges Tier. „Und das?"

„Noch mal."

Ich zeichne es noch mal.

„Noch einmal."

Ich zeichne es noch einmal, doch meine Hand wandert ...

„Halt", hebt sie an.

... aber ich habe jetzt beide Hände auf ihr, und sie dreht sich zu mir um, und meine Hände bewegen sich mit ihr, und wir küssen uns, und ich sage irgendwas von einem Schaf, während sie an meinem Ohr und an meinem Hals nagt, und wir sinken hinab in die Wanne, unter das warme, auf uns plätschernde Wasser.

*

Wir gesellen uns zu Y.J. und Blackie ins Meer. Die Sonne ist untergegangen und die Wellen im Licht der Dämmerung sind klein und folgen dicht aufeinander. Wir stehen im Wasser, leicht fröstelnd und warten auf die richtige Welle, auf der wir mit unseren Körpern an den Strand surfen können.

„Du bist Schauspielerin?", fragt Y.J. Becky. „Warten auf Godot, nicht wahr?"

Becky nickt.

„Wie läuft's?", fragt Y.J.

„Ganz gut", sagt Becky, taucht unter und schwimmt davon.

„Sie spricht nicht gerne über ihre Arbeit", sage ich zu Y.J.

„Warum nicht?"

„Ich weiß nicht genau", sage ich. „Sowas kommt vor, wenn man in dieser Stadt lebt."

Plötzlich packt mich Becky unter Wasser und taucht in meinen Armen auf.

Ich denke daran, wie sehr ich das vermissen werde, doch dann wird mir klar, dass ich es erst genießen konnte, als ich entschieden hatte, es hinter mir zu lassen, was mir jetzt irgendwie traurig und lustig und vollkommen passend vorkommt. Das Wort ‚ironisch' kommt mir in den Sinn, und da ich dieses Wort in letzter Zeit zu hassen gelernt habe, muss ich lachen.

„Was ist denn so witzig?", fragt Y.J.

„Alles."

„Ein gutes Zeichen."

„Body-Surfen gibt es weder im Himmel noch in der Hölle."

Becky schaut mich an, und ich zucke mit den Schultern, als hätte ich keine Ahnung, wovon Y.J. spricht.

Ich frage mich, ob Y.J. mit der Epidemie spiritueller Krisen Recht hat. Falls er Recht hat, dann bin ich noch schlechter, als ich dachte. Schönen

Tag noch, Zeke.

Endlich formiert sich ein gutes Wellen-Set, und wir alle springen auf eine auf.

*

Y.J. kocht ein Abendessen aus Wildreis mit einer leicht angebratenen Gemüsemischung. Zwei Flaschen Rotwein stehen zwischen uns dreien auf dem Tisch.

Blackie sitzt artig und sabbernd in der gegenüberliegenden Ecke des Zimmers.

„Das ist hervorragend, Y.J.", sage ich nach meinem ersten Happen. „Ich bin froh, dass du in den letzten Jahren etwas dazugelernt hast."

Er nickt. „Ich habe gelernt zu essen."

„Was hast du sonst noch getan?", frage ich. „Außer Essen zu lernen?"

Er stopft sich eine Gabel voll in den Mund und ignoriert mich.

„Das ist wirklich gut", sagt Becky.

Blackie winselt.

Als Becky zu dem Kojoten hinüberschaut, neigt dieser den Kopf – genau wie Hunde in der Fernsehwerbung.

„Sollen wir ihr nicht was zu Fressen geben?", fragt Becky.

„Lass dich von ihr nicht beeindrucken", sagt Y.J. „Ich habe sie schon gefüttert."

„Sie sieht hungrig aus", sagt Becky.

„Sie hätte gerne was von unserem Essen", sagt Y.J. „Blackie war früher ein Mensch."

Ich esse weiter. Becky hält inne und versucht sich darüber klar zu werden, ob Y.J. scherzt oder verrückt ist.

„Natürlich", fügt Y.J. hinzu, „ist das schon einige Leben her."

Becky wirft mir einen Blick zu, und ich zucke mit den Schultern.

„Sie ist eine erleuchtete Seele", sagt Y.J.

Ich fülle Beckys Weinglas.

„Euch mag es vielleicht komisch vorkommen", sagt Y.J., „dass eine erleuchtete Seele von einer menschlichen Gestalt zurück in eine tierische übergeht."

Becky hat jetzt gemerkt, dass Y.J. nur Spaß gemacht hat, sie scheint sich allerdings immer noch nicht sicher zu sein, ob er es vielleicht doch ernst meint.

Auch ich weiß es nicht. „Genau das habe ich mich auch gefragt", sage ich.

„Die Sache ist", erklärt Y.J., als wäre ihm mein Sarkasmus entgangen, „es ist nicht notwendigerweise ein Rückschritt. Seelen wählen die Gestalt, die sie benötigen, um zu lernen, wonach sie suchen, und in manchen Fällen ist die menschliche Gestalt nicht so nützlich wie die tierische."

„Ah so", sage ich, „Ich schätze, das erklärt die Postkarte aus Indien."

„Nein, ich habe hier, inmitten der westlichen Popkultur, mit der Reinkarnation zu liebäugeln begonnen. Ich glaube, ich hatte gerade eine Platte von den Talking Heads gehört. Im Priesterseminar."

„Im Priesterseminar?"

„Ich glaube, ja."

„Was hast du in einem Priesterseminar gemacht?"

„Studiert."

„Du wolltest doch nicht etwa Priester werden?"

„Doch."

„Nein."

„Doch."

„Warum hast du mir nichts davon gesagt?"

„Ich wollte nicht darüber reden", sagt er. „ich bin rausgeflogen."

„Sie haben dich rausgeschmissen? Aus einem Priesterseminar?"

„Wie aus allen anderen Schulen auch", sagt er. „Sie haben mich gebeten, zu gehen."

„Warum?"

„Aus so ziemlich den gleichen Gründen, wie überall sonst auch."

Ich wende mich Becky zu. „Y.J. ist vom St. Luke geflogen, weil er uns einmal Psyllocibin-Pilze ins Essen gemischt hat. Die halbe Schule war stoned."

Ich drehe mich zu Y.J. zurück. „Das hast du aber nicht im Priesterseminar versucht, oder etwa doch?"

„Nein", sagt er. „Vielleicht hätte ich das tun sollen."

Ich schaue auf meinen Teller, besonders auf die Pilze. „Du wirst doch nicht", sage ich. „Oder doch?"

„Was?"

„Was sind das für Pilze?"

Becky probiert vorsichtig ihre.

„Einfach nur Pilze", sagt Y.J.

„Woher hast du die?", frage ich.

„Zeke", sagt er, „das sind einfach nur Pilze."

„Einfache, herkömmliche Pilze?"

„Einfache, herkömmliche Pilze."

Sie schmecken trotzdem ein bisschen merkwürdig. Ich werfe Becky einen Blick zu, und diesmal zuckt sie mit den Schultern.

„Ich traf Blackie auf der Straße, nachdem ich das Seminar verlassen hatte", fährt Y.J. fort. „Mir wurde klar, dass dieser Kojote eine erleuchtete Seele ist, als ich sie nach ihrem Namen fragte und sie ‚Blackie' sagte."

„Die Hündin hat dir gesagt, dass sie ‚Blackie' heißt?", fragt Becky und wendet sich an das Tier. „Ist das wahr?"

Der Kojote macht eine Kopfbewegung, die einem Nicken ähnelt.

„Sie hat nicht ‚Blackie' gesagt", erläutert Y.J. „Sie hat mir den Namen eingegeben."

„Ach."

„Telepathie."

„Ach so."

„Sie kann schweben und in Zungen reden."

Pause.

„Das war natürlich nur Spaß", sagt Y.J. „Das kann sie nicht wirklich. Sie hat mir zwar gesagt, dass sie es könnte, aber ich habe sie nie dabei gesehen."

Pause.

„Wie war noch mal die Frage?"

Becky und ich zucken beide mit den Schultern – mittlerweile läuft hier eine ganze Menge an Schulterzucken.

„Wisst ihr", sagt Y.J., „es gab da einen Moment, in dem ich dachte, dass ich in einem früheren Leben vielleicht Papst gewesen bin."

„Du hast nicht das Zeug zum Papst", sage ich. „Du siehst mit Hut bescheuert aus."

„Nicht mehr", sagt Y.J.

„Nicht mehr?"

„Darüber bin ich hinweg."

Ich huste, schlürfe etwas Wein und hoffe, dass Gott uns nicht zuhört.

„Glaubst du nicht an Wiedergeburt?", fragt mich Becky.

„Wollt ihr beiden mich kirre machen?"

Becky lächelt.

„Becky", sage ich, „glaubst du an Wiedergeburt?"

„Ein bisschen."

„Ein bisschen?"

„Ich habe immer daran geglaubt, dass ich eine Seele habe."

„Na schön", sage ich. „Das heißt noch lange nicht, dass du an Wiedergeburt glaubst."

„Ich glaube, dass meine Seele irgendwo hinwandert, wenn ich sterbe."

„Aber bedeutet das, dass du glaubst, du könntest als, sagen wir, Papst wiederkehren?"

„Möglich ist das doch."

„Du hast mir noch nie gesagt, dass du solche verrückten Ideen hast."

„Ich kann kaum glauben, dass du nicht an Wiedergeburt glaubst", sagt Becky. „Oder zumindest an etwas Ähnliches."

„Mach mal halblang", sage ich. „Ich habe nicht gesagt, dass ich nicht an Wiedergeburt glaube."

„Glaubst du denn an Wiedergeburt?", fragt sie.

„Nein."

„Wirklich nicht?"

„Nein", sage ich. „Ich glaube aber auch nicht nicht daran. Ich weiß es einfach nicht. Und du auch nicht."

„Und was glaubst du, passiert, wenn du stirbst?"

„Das weiß ich nicht."

„Was glaubst du denn?"

„Ich nehme an, ich werde begraben und ein paar Leute kommen zu meiner Beerdigung, die sich darüber unterhalten, was für ein wunderbarer Kerl ich doch gewesen bin, und sich dann betrinken und eine Party feiern. Gute Partys werde ich vermissen."

„Ich sehe schon, du hast dich richtig ernsthaft damit auseinandergesetzt."

„Woher weißt du, dass ein anderer nicht weiß, was nach dem Tod passiert?", fragt Y.J.

„Das kann man nicht wissen."

„Woher weißt du, dass man das nicht wissen kann?", fragt Y.J. „Wenn man es nicht wissen kann, dann kannst du auch nicht wissen, ob man es wissen kann."

„Ach, halt's Maul."

„Ich weiß, dass Gott existiert."

„Gratuliere."

Y.J. lacht. „Willst du mir jetzt nicht sagen, dass man das nicht wissen kann?"

„Also gut", sage ich. „Das kann man nicht wissen."

„Natürlich kann man das nicht wissen."

„Interessantes Argument."

„Nichts von dieser Art kann man wissen."

„Oha."

„Aber wir verhalten uns so, als ob bestimmte Dinge wahr wären, und durch unseren Glauben lassen wir sie wahr werden."

Becky nickt.

Ich schaue auf mein Essen. „Mir wird ein bisschen schwummrig", sage ich. „Außerdem sind mir diese Pilze nicht ganz geheuer."

„Wenn ich zum Beispiel", fährt Y.J. fort, „mit Blackie spreche, als würde sie mich verstehen, und ich mich dann besser fühle, weil sie mich versteht, dann hat sie mich auch verstanden. Ich weiß, dass sie mich verstanden hat, weil ich mich besser fühle."

„Ist das ein Syllogismus?"

„Und du kannst dir deine eigenen Beispiele ausdenken."

„Soso."

„Adeste Fideles."

Ich weiß nicht genau, was Y.J. damit meint, aber ich kann mich erinnern, diese Redewendung in einem Weihnachtslied gehört zu haben.

*

Wir trinken noch immer, als wir uns auf den ausklappbaren Futon legen, um uns mein Video mit der ersten Folge der aktuellen Saison von „Saturday Night Live" anzusehen, mit Madonna, auch bekannt als der Antichrist, als Gastmoderatorin. Das Ganze entpuppt sich genau als die Art von Show, die das Original aufs Übelste parodiert hätte.

Wir amüsieren uns, indem wir darüber reden, wie schlecht und unhip das alles ist, abgesehen von dem Teil mit der Yuppie-Hölle, und dann lege ich eine Kassette mit der allerersten Folge von „Saturday Night Live" rein.

Michael O'Donoghue spielt einen Englischlehrer mit John Belushi als Schüler. „Good Evening", sagt O'Donoghue.

„Guuud eve-ning", sagt Belushi.

„Good Evening", sagt O'Donoghue. „Let us begin. Repeat after me ..."

Belushi spricht O'Donoghue einige mäßig witzige Zeilen nach. Dann hat O'Donoghue einen Herzinfarkt und fällt tot um. Also hat auch Belushi einen Herzinfarkt und fällt tot um.

„Live from New York! It's Saturday Night!"

Dann kommt Werbung, und keiner von uns weiß, ob es eine Parodie ist oder nicht.

*

Ich weiß nicht, ob es das Saufen ist, das exzessive Rauchen, der Schlafmangel, das Fernsehen, die Unterhaltung, Y.J.s Gegenwart oder vielleicht auch die Pilze, aber als „Saturday Night Live" zu Ende ist, bin ich jenseits von angesäuselt und auf angenehme Art von der Rolle.

„Lasst uns was unternehmen", schlägt Y.J. vor.

„Ich würde gerade am liebsten gar nichts unternehmen", sage ich.

„Ich kann es dir nicht ausreden, wenn du mir nicht wenigstens eine faire Chance gibst."

„Ihm was ausreden?", fragt Becky.

Pause.

„Fatale Verwirrung und Traurigkeit", antwortet Y.J.

„Verwirrung und Traurigkeit?", sagt Becky und lächelt fröhlich. „Genau darum geht es doch im Leben!"

Y.J. schenkt uns allen nach.

„Wenn jetzt das Telefon klingeln würde, und jemand dich darum bitten würde, etwas zu tun, würdest du es dann tun?", fragt mich Y.J..

„Was?"

„Wenn in sagen wir mal dreißig Sekunden das Telefon klingelt, wirst du das dann als Zeichen auffassen und mitspielen?"

„Wobei?"

„Gleich wird das Telefon klingeln, und du wirst um etwas gebeten werden. Tu es."

Becky und ich schauen einander an.

„Abgemacht?", fragt Y.J.

„Wenn dieses Telefon in dreißig Sekunden klingelt ...", lacht Becky.

Sie kennt Y.J.s Tricks noch nicht so gut wie ich.

„Zeke?", fragt Y.J.

Ich sollte es besser wissen, nicke aber dennoch zustimmend.

„Wirst du es tun?", fragt Y.J.

Ich nicke. „Klar."

Wir sitzen da und starren, an unserem Wein nippend, das Telefon an.

Ich weiß nicht, wie oft Y.J. schon solch eine pseudo-mystische Scheiße abgezogen hat, immerhin oft genug, um mich daran glauben zu lassen, dass das Telefon gleich tatsächlich klingeln könnte. Wenn es klingelt, dann nehme ich an, dass es dafür eine ganz profane Erklärung gibt, die uns Y.J. nicht verraten wird, aber ich werde dennoch ins Grübeln kommen.

Es vergeht eine Minute, ohne dass jemand etwas sagt.

„Du scheinst dein Gespür zu verlieren, Y.J.", sage ich.

„Das war erst eine Minute."

„Du hast dreißig Sekunden gesagt", mache ich ihm klar.

„Habe ich dreißig Sekunden gesagt?"

„Dreißig Sekunden", sagt Becky, vielleicht ein wenig lallend.

„Ich meinte dreißig Minuten", entgegnet Y.J.

Das, so erinnere ich mich, ist der Schlüssel zu seinem Erfolg als Mystiker: vage bleiben. Ich frage mich oft, ob Y.J. bei seinen Talenten eines Tages zum Präsidenten der Vereinigten Staaten und Anführer der freien Welt gewählt werden wird, oder ob er einfach nur im Gefängnis endet.

„Die Abmachung lautete dreißig Sekunden", sage ich.

„Abmachung?", sagt Y.J. „Welche Abmachung?"

Bevor ich antworten kann, klingelt das Telefon.

Becky lacht, Y.J. lächelt.

Ich nehme den Hörer ab. „Hallo?"

„Zeke", schreit Wendy am anderen Ende, „kannst du mich verstehen?"

„Ja."

„Was?" Im Hintergrund läuft laute Musik.

„Ja, ich kann dich verstehen."

„Ich bin im Tibet", schreit sie, sie meint den Club, nicht das Land. „Susie springt heute für eine Band ein. In etwa dreißig Minuten. Beeil dich."

„Tja", sage ich. „Ich …"

„Bis gleich – okay?"

„Äh! …"

„… Prima." Wendy legt auf.

Ich lege den Hörer auf.

„Abgemacht ist abgemacht", sagt Y.J.

„Eine Freundin von mir hat eine Lesung oder so was im Tibet", sage ich zu Becky.

Becky schaut zu Y.J., und der lächelt.

„Dann geht ihr beiden mal", sagt sie.

Ich blicke Y.J. in der Erwartung an, er möge darauf bestehen, dass Becky mit uns kommt. Er tut es nicht.

„Bist du dir sicher?", sage ich zu ihr.

Sie nickt.

„Komm doch."

„Nein, ich muss noch ein paar Sachen erledigen."

„Was denn zum Beispiel?"

„Ich müsste mich mit meiner Rolle beschäftigen."

„Wir müssen los", sagt Y.J. „Susie fängt in dreißig Minuten an."

Ich frage ihn nicht, woher er das weiß.

Er steht da und wechselt einen Blick mit Becky. Sie hat mittlerweile zweifellos ein anderes Bild von ihm.

*

Um Mitternacht sind die Straßen voll, und alle Eltern wissen, wo ihre Kinder sind – auf der Nebenspur.

„Sieh es als eine Suche an."

„Sieh was als Suche an?"

„Einen guten Grund zu finden, dich nicht umzubringen."

„Ich wäre schon mit einem guten Grund zufrieden, warum wir ins Tibet müssen. Susies Gedichte sind eine einzige Qual. Andererseits will sie sie natürlich auch genau so haben."

„Erinnerst du dich noch ans Verstecksspielen?",

„Ja, und?"

„Zuerst hat man immer an den Orten nachgeschaut, an denen die anderen nicht sein würden, um so die Zahl der möglichen Verstecke zu verringern."

„Du arbeitest wohl mal wieder an deinen Analogien, was?"

„Nach Aristoteles die höchste Form der Reflexion."

„Ein Sodomit."

„Das ist wahr."

„Was soll das griechische Zeug?", frage ich, rhetorisch.

„Wir sind doch Suchende, oder etwa nicht?"

„Sind wir *Devo*?"

*

Susie ist bereits auf der Bühne, als wir in dem bestuhlten Lagerhaus ankommen. Einige aus dem engsten Kreis, darunter Wendy, sitzen ganz vorne. Wir stehen an die Wand gelehnt am Rand.

Alle außer mir tragen Schwarz.

Ich bin versucht zu fragen, worum sie trauern, doch ich befürchte, dass ich die Antwort bereits kenne.

Susie ist voll in Fahrt:

> *"Fickt euch und eure Versprechen*
> *Fickt eure schwanzförmigen Pastell-Lippenstifte*
> *Ich bevorzuge die Farben Schwarz und Blutrot"*

Jubel aus den vorderen Reihen.

> *"Fickt euch und eure Versprechen*
> *Fickt eure schwanzförmigen Parfümflaschen*
> *Ich bevorzuge den Geruch von Formaldehyd"*

Das ist das Ende, das mit rauen heiteren Jubelschreien begrüßt wird.

„Das Nächste", sagt Susie, sobald ihre Freunde und Fans den Mund halten, „ist für alle, die hierher kommen."

Es folgt tatsächlich eine höfliche Semi-Stille.

> *"es gibt einen Ort*
> *an den du kommst*
> *weil du*
> *von Dick und Jane*
> *und deinen Freunden*
> *den üblichen Penishirnen*
> *gehört hast*
> *dass er cool sein soll*
> *supersupercool*
> *wo es abgeht*
> *und das bedeutet:*
> *ein Ort, an dem du etwas finden könntest*
> *also kommst du her*
> *und du bist hier*
> *und du siehst*
> *es ist dieselbe*
> *alte Leier*
> *jawohl, du hast es mal wieder verbockt"*

Beifallsrufe.

„Aber am nächsten Wochenende
versuchst du es
an einem anderen Ort
weil alle sagen
der ist es
und du bist bereit, zu glauben, hey –
könnte wahr sein
also kommst du her
er ist es nicht
und dir ist es egal
weil mittlerweile
willst du nur ein Schokoladen-Eclair
scheiß drauf
am nächsten Wochenende
ruf ein paar Freunde an
kauf große Mengen Alk
trink viel
dann bist du wenigstens betrunken"

Stürmischer Beifall, zum Teil ironisch, zum Teil ernst gemeint.

Fans bieten Susie Drinks an, Tabletten und Joints. Sie akzeptiert alles dankbar, es steht ihr zu.

Während dieser freundlichen Unterbrechung sieht mich Susie und winkt. Y.J. und ich winken beide zurück. Wendy dreht sich um, entdeckt uns und gibt uns gestikulierend zu verstehen, dass wir nach vorne kommen sollen. Obwohl Y.J. mich drängt, lehne ich ab.

Susie klopft einige Male auf das Mikrophon, und ein unangenehmes Geräusch erregt die Aufmerksamkeit aller Anwesenden. „Ich möchte meinen Komplizen von Big Gun Films, Zeke Harvey, bitten, hier hochzukommen und das Nächste mit mir zusammen vorzutragen!"

Faktisch weiß niemand hier, wer ich bin, aber trotzdem klatschen alle, und Y.J. schubst mich, und Wendy schreit mich an, und Susie lockt mich mit einer Flasche Whisky, aber ich bin einfach noch nicht betrunken genug, um mich darauf einzulassen.

Susie und Wendy wissen, dass ich mir kaum etwas Uncooleres als ein öffentliches Spektakel vorstellen kann, doch da fällt mir ein, dass ich ohnehin vorhabe, mich bald einbalsamieren zu lassen, was also soll ich mich um Coolness scheren?

Ich gehe zu Susie auf die Bühne und nehme einen Schluck von dem Whisky. Die Menge applaudiert, ein umgängliches Publikum.

„Ladies und Loser", sagt Susie, „das ist Zeke Harvey!"

Ich frage mich, was ich hier verloren habe. Ich nehme noch einen Schluck, einen viel größeren.

Die Menge – die Betrunkenen – dreht durch.

Ich verstehe, wie man an diesem Quatsch Gefallen finden kann.

„Hier ist etwas, das Zeke und ich mal geschrieben haben, als wir eigentlich hätten arbeiten müssen", erzählt Susie dem Publikum, während sie ein zerknittertes Stück Papier aus ihrer Lederjacke zieht. „Es heißt: ‚Ist es nicht beschissen?'"

Ich habe schon viel zusammen mit Susie getan, aber ich kann mich nicht daran erinnern, jemals mit ihr gedichtet zu haben. Dennoch beschließe ich mitzuspielen.

Susie beginnt zu lesen:

> *„ist es nicht beschissen*
> *dass wir nicht wissen*
> *und dass wir so gottverdammt lang warten müssen*
> *und ist es nicht beschissen, ganz alleine zu leben*
> *in einer Welt, zu der wir nicht gehören?"*

Sie hält inne und zeigt auf meine Zeilen. Ich lese:

> *„Du fragst dich, ob er so viel schlimmer sein kann*
> *jener große schwarze Tag im Leichenwagen."*

Ich beginne mich langsam zu erinnern, an diesem Gedicht mitgewirkt zu haben, als Susie wieder übernimmt:

> *„ist es nicht beschissen*
> *sich alleine nachts*
> *so schlecht und so verdammt alt zu fühlen*
> *und ist es nicht beschissen zu weinen*
> *mit nichts und niemandem der einen hält"*

Susie zeigt auf meine Zeilen und ich lege los:

> *„Ich wünschte jeder Fick würde all das*
> *rechtfertigen, was wir verloren haben"*

Dann zusammen:

> *„vielleicht wenn wir trinken und beten und sterben*
> *wird es wahr*
> *nein, nein, nein*
> *es gibt nur eines, was wir tun können"*

Wir lächeln.

> *„Wäre es nicht schön, wenn wir wüssten, was"*

Einige Lacher. Dann, laut:

> *„Du weißt, je mehr wir darüber lachen*
> *desto schwerer wird es, ohne es zu leben*
> *darum lass uns darüber lachen*
> *oh, ist es nicht beschissen?"*

Nach dem Schluss verneigen wir uns und werden mit einem glorreichen Ausbruch von Anerkennung belohnt. Ich weiß nicht, ob sie der Tiefe des Gedichts gilt oder seiner Kürze, Susie jedenfalls liebt die betrunkene Vergötterung. Ich glaube, ich auch.

*

„Schlechte Gedichte für eine schlechte Welt", sage ich später zu Y.J.

Wir befinden uns mit Susie und Wendy und anderen finsteren Gestalten in einer dunklen Ecke. Jemand sagt etwas über Somerset Maugham, etwas darüber, dass Liebe und Lust die einzigen Dinge seien, für die es sich zu leben lohnt. Jemand anderes spricht über die Prophezeiungen des Nostradamus, und dass die Welt offenbar um 1998 untergehen wird.

„Und", frage ich Wendy und Susie, „was werdet ihr dann tun?"

Sie schauen sich an und lächeln.

„Wir werden es machen", sagt Susie.

Wendy hebt ihr Bier. „Es machen bis zum Ende."

Ich drehe mich zu Y.J. „Ich denke, ich sollte nach Hause zu Becky."

„Neeeeeeein", schreien Susie und Wendy einstimmig.

„Doch", sagt Y.J., „vielleicht solltest du das."

Niemand legt sich mit Y.J. an.

„Kommst du mit?", frage ich ihn.

„Neeeeeeein", schreien Susie und Wendy einstimmig.

„Ich komme in ein paar Stunden nach", sagt er. „Die Mädels bringen mich, oder?"

„Klar", schreien die Mädels einstimmig.

So wie Wendy und Susie Y.J. ansehen, glaube ich auch, dass sie ihn bringen werden, nur nicht zu mir und auch nicht in ein paar Stunden.

*

Becky liegt auf dem Bett, liest ihren Text und trägt eines meiner weißen Hemden. Manchmal habe ich das Gefühl, dass sie nur mit mir zusammengezogen ist, um meine Hemden tragen zu können.

„Hattet ihr euren Spaß?", fragt sie.

„Soweit ich mich erinnern kann."

„Gut", sagt sie. „Wo ist Y.J.?"

Die perfekte Gelegenheit für ein Gespräch. Ich bin immer noch aufgedreht, und es gibt einiges, was ich ihr sagen sollte. Stattdessen beginne ich mich auszuziehen.

„Du bist immer noch nicht quitt mit mir", sage ich, während ich mein Hemd aufknöpfe.

„Warum?"

„Wegen der Sauftour", sage ich, während ich meine Hose ausziehe. „Du bist noch nicht explodiert."

Becky zieht ihr Hemd, mein Hemd, aus und legt es auf den Boden. „Ich explodiere nicht", sagt sie.

„Nicht, solange du vorhast, mich mit Schweigen zu bestrafen ..."

„Ich bestrafe dich nicht."

„Wie immer du es nennen möchtest." Ich schlüpfe mit Boxershorts unter die Bettdecke.

„Ich tue das nur, damit du hinterher das Gefühl haben kannst, dass ich dir verziehen habe."

„Dann gibst du es also zu?"

„Ja." Sie lächelt.

Sie zieht ihr weißes Baumwollhöschen aus, was sie zum Schlafengehen nicht immer tut, und küsst mich. Während wir uns küssen und streicheln, frage ich sie mit einem neckenden Flüstern, ob sie mich fesseln und schlagen möchte. Sie schüttelt lächelnd den Kopf, zieht sich dann aber zurück und schaut mich an.

Pause.

Sie geht zum Schrank und kehrt mit einem Gürtel und zwei meiner Krawatten zurück. Eine ist eine Schulkrawatte, und ich bin versucht, mich zu beschweren, doch das würde ganz gewiss die Stimmung verderben.

Keiner von uns sagt ein Wort, während sie die Decke zurückzieht und dann mein rechtes Handgelenk an einen Eckpfosten des von meiner Großmutter geerbten Messingbetts schnürt. Mein linkes Handgelenk bindet sie an den anderen Eckpfosten. Bei den Knoten beweist sie nicht gerade die Geschicklichkeit eines Pfadfinders, doch ich habe Zeit.

Meine Hauptsorge ist, dass ich nun keinen Zugriff auf Zigaretten habe.

Mit beiden Händen ergreift sie das Hüftgummi meiner Shorts. „Hoch", sagt sie.

Warum nicht?

Sie streift mir die Shorts ab, fesselt dann meine Beine mit dem Gürtel und sichert sie in der Mitte des Rahmenendes.

Sie tritt zurück und lächelt beim Anblick ihres Werks. Ich fühle mich ein bisschen wie bei meinem ersten Sex.

Ihre Finger kitzeln meine linke Handfläche und wandern dann im Spinnengang meinen Arm hoch, über meine Schulter, meinen Kopf, und am anderen Arm hinunter zu meiner rechten Handfläche.

Ich habe eine Gänsehaut wie ein Gebirge.

Ihre Finger vollziehen denselben Weg an meinem linken Bein nach, hoch bis zum Nabel, und dann am anderen Bein wieder hinunter.

Sie kriecht aufs Bett, setzt sich auf meinen Bauch, zeichnet Muster auf meine Brust. Ich schaue ihr dabei zu, und sie hebt die Hand und fährt mit ihren Fingern über meine Augen, um sie zu schließen.

Ich spüre, wie ihre Lippen ganz sanft meine Schulter küssen, knabbernd und warme Luft aushauchend, bewegt sie sich über meine Brust hinab, dann plötzlich beißt sie mir in den Bauch. Ich habe vorübergehend Panik, dass dieser Trend zum Zahneinsatz anhalten könnte, da geht das Beißen in ein Lecken über, und das sanfte Knabbern und Hauchen wird wieder aufgenommen.

Ich gebe mich hin und denke mir, dass ich Schlimmeres verdient habe.

*

Als ich aufwache, ist es noch ziemlich dunkel.

Einen Moment lang überlege ich, ob vielleicht ein ganzer Tag vergangen ist, aber der Anblick von Becky und den Krawatten und dem Gürtel lassen mich vermuten, dass ich nur ein paar Stunden geschlafen habe. Ich habe zwar noch keinen richtigen Kater, fühle mich aber schon wie ein Häufchen Scheiße.

Ich versuche zu stehen, werde aber von einer massiven Müdigkeit niedergestreckt. So stark mein Rausch auch gewesen sein mag, er ist verschwunden. So schlecht habe ich mich zuletzt gefühlt, als Y.J. aufgetaucht ist. Obwohl es mir nicht so erscheint, als würde er sehr gewissenhaft an der Verhinderung meines Selbstmordes arbeiten, ist mir klar, dass jetzt nicht die Zeit ist, um darüber nachzudenken, da ich gerade jetzt für schlechte Gedanken äußerst anfällig bin.

Ich krieche in die Küche. Ich weiß nicht, ob ich kriechen muss, aber mir ist danach, also tue ich es. Y.J. und Blackie haben sich zusammen auf dem Futon breit gemacht. Ich frage mich, was passiert ist, bin aber noch nicht bereit, ihn zu wecken, um es herauszubekommen.

Ich kippe ein paar Gläser Wasser in mich hinein.

„Erneuere die wertvollen Körperflüssigkeiten", sagt Y.J. Ich erinnere mich an den Spruch aus einem meiner Lieblingsfilme, „Dr. Seltsam".

„In Flaschen", sage ich „Kein Fluorid."

„Gut."

„Warum bist du auf allen vieren?"

Ich erhebe mich langsam und lehne mich an den Wasserkühler von Sparkletts, der prompt umkippt und das Zimmer überflutet. Ich schaue dem einige Sekunden lang zu und richte dann den Kühler samt Plastikkanister auf.

„Wenn es ein bisschen kälter wäre", sagt Y.J., „könnten wir Schlittschuh laufen."

Ich hole einen Schwamm und eine Rolle Küchenpapier und fange an aufzuwischen.

„Brauchst du Hilfe?", fragt Y.J.

„Nein, danke."

„Gut."

Ich errichte ein System, das den Wasserfluss eindämmt. Das ist die befriedigendste Arbeit, die ich seit Jahren verrichtet habe.

„Entschuldige", sage ich. „Ich wollte dich nicht wecken."

„Ich wollte aber, dass du das tust", sagt er. „Wir haben noch eine Menge zu tun, mein Freund."

Ich wische das Wasser auf, wringe den Schwamm im Waschbecken aus und wiederhole die Prozedur. „Wo sind Wendy und Susie?", frage ich beiläufig.

„Das weiß nur Gott."

„Haben sie dich hierher gebracht?"

„Ja."

„Und?"

„Und hier bin ich."

„Und was ist gelaufen?"

„Wir haben Pläne geschmiedet."

„Pläne?"

„Ja", Y.J. steht auf und beginnt sich anzuziehen. „Aber die betreffen die Zukunft und werden vielleicht noch nicht einmal umgesetzt. Dir bleiben fürs Erste noch siebzig Stunden, und wir haben noch Multitudo vor uns."

*

Kurz vor Sonnenaufgang sitzen wir mit geöffnetem Dach in meinem Cabrio und genießen den Ausblick auf den leeren Strand. Ich habe den Motor noch nicht gestartet, weil ich nicht weiß, wohin die Reise geht.

„Ich liebe dieses Licht", sage ich zu Y.J.

„Warum?"

„Keine Ahnung. Es macht mich froh, dass ich nicht schlafe."

Y.J. nickt. Wir betrachten die schwache blaue Glut, die sich über den gesamten Horizont erstreckt.

„Du kannst jetzt alles tun", sagt Y.J.

„Was denn zum Beispiel?"

„Alles", sagt Y.J. „Alles, was du schon immer tun wolltest, kannst du jetzt tun. Musst du jetzt tun."

„Alles?"

„Möglichkeiten …"

„Tja", sage ich. „Ich weiß nicht, wo ich anfangen soll."
„In den nächsten siebzig Stunden musst du ein ganzes Leben leben."
„Das wird wohl ein wenig schwierig, denkst du nicht?"
„Ich schätze, das wird lustig."
„Mir fällt nichts Lustiges ein, worauf ich Lust hätte."
„Was fällt dir denn ein?"
Pause.
„Nichts", sage ich schließlich.
„Was meinst du?"
„Wenn mir eine Menge Dinge einfallen würden, auf die ich Lust hätte, dann würden wir nicht in diesem Schlamassel stecken, oder etwa doch?"
Y.J. nickt. „Okay, Punkt für dich."
Ich spiele mit dem Lenkrad und erinnere mich schlagartig und ohne bestimmten Grund an eine Fahrt in Disneyland.
„Was erscheint dir wichtig?", fragt mich Y.J.
„Nichts."
„Genau!", sagt Y.J. „Nichts ist wichtig."
Ich nicke.
„Abgesehen von dem, was wichtig ist", fügt er hinzu.
Ich verdrehe die Augen. „Wohin fahren wir?"
„Liebst du sie?"
Ich nicke.
„Schwierige Zeiten für Liebende, was?"
„Sind das nicht alle Zeiten?"
„Wie denkst du, wird sie damit fertig werden?", fragt Y.J. „Du tot und all das."
„Gut, vor allem, wenn sie das Geld bekommt."
„Das glaubst du?" Er fährt fort, bevor ich antworten kann. „Wenn die Versicherung herausbekommt, was los ist, wird alles, was sie bekommen wird, ein Brief sein mit der Nachricht ‚Tut uns Leid, aber Ihr Freund hat es vermasselt'."

„Das habe ich schon bedacht, wie ich dir bereits gesagt habe."

„Okay. Du weißt also, was zu tun ist, damit es nach einer Fügung Gottes und nicht einfach nach großem Bockmist aussieht?"

„Noch nicht", sage ich. „Aber das werde ich noch."

„Glaubst du wirklich, dass Becky sich über das Geld freuen wird?"

„Wir wollten uns ohnehin gerade trennen."

„Ein vorzeitiger Tod wird dieses Problem mit Sicherheit lösen", sagt Y.J. „Wieso wolltet ihr euch trennen?",

„Ich weiß es nicht", sage ich. „Ich glaube, wir haben einfach diesen Punkt erreicht, an dem man entweder den nächsten Schritt tut oder sich trennt."

„Und du möchtest dich lieber von ihr trennen?"

„Nein", sage ich. „Darauf ist es aber hinausgelaufen. Und ich konnte scheinbar einfach nichts daran ändern."

„Warum nicht?"

„Ich weiß es nicht."

Pause.

„Weißt du", sagt Y.J., „ich habe das schon vor sieben Jahren kommen sehen, als du zu mir meintest, ‚Die Leiden des jungen Werther' sei das beste Buch, das je geschrieben worden ist."

„Das ist es auch." Das ist es auch.

Am Horizont über dem Meer beginnt sich orangefarbenes Sonnenlicht in das Blau zu mischen.

„Lass uns fahren", sage ich.

„Gut", sagt Y.J. „Lass uns fahren."

„Wohin?"

„Egal. Lass uns einfach fahren."

Ich setze das Ray-Ban-Imitat auf, das ich im Handschuhfach aufbewahre, und starte den Motor. Y.J. setzt seine Lennon-Brille auf, schaltet das Radio ein und zusammen fahren wir auf den dunstig-blauen Sonnenaufgang zu.

*

Wir passieren Marina Del Rey, während die Sonne aufgeht und uns zu wärmen beginnt.

Y.J. dreht Siouxsie and the Banshees leiser. „Möchtest du eins von den Booten da nehmen?", fragt er und weist auf die zu Tausenden am Ufer liegenden Boote. „Wir könnten uns eins leihen, vorzugsweise ein Segelboot."

„Eins klauen, meinst du."

„Genau", sagt er. „Du kannst alles machen. Du bist ja bald tot. Toter als ein Zweidollarschein."

„Toter als ein Zweidollarschein?"

„So ist es. Warum also nicht einfach mal ein Segelboot klauen?"

„Ich will kein Segelboot klauen."

„Wie wär's mit Mord?"

„Mord?"

„Gibt es nicht ein paar Menschen, die du gerne umbringen würdest, bevor du abtrittst? Irgendwelche Filmleute vielleicht?"

„Schon", gebe ich zu, „aber ich fange jetzt nicht an Leute umzubringen. Gerade jetzt nicht."

„Wie wär's damit, einfach ein paar von ihnen windelweich zu prügeln?"

Ich drehe das Radio wieder lauter, als ein Stück von den Go-Go's läuft. *This town is our town, this town is so glamorous, bet you'd live here if could and be one of us ...* Dem eingängigen Refrain folgt eine Replik: *Change the lines that were said before, we're all dreamers, we're all whores ...* Dieser Song könnte mich leicht deprimieren, doch stattdessen beginnt mich eine Euphorie zu erfüllen. Ich bin zuversichtlich, sie wird wieder vergehen.

*

Die Rushhour in L.A. dauert von sechs Uhr morgens bis drei Uhr morgens.

Wir fahren um sieben Uhr morgens in die Stadt zurück. Ich nähere mich einer Ampel, die jeden Moment auf Grün umspringt und höre die Smithereens; zu meiner Rechten sehe ich einen Porsche 911, der beschleunigt, um noch über Gelb zu kommen, während der Fahrer in sein Handy spricht. Ich weiß, ich sollte bremsen, doch stattdessen lasse ich meinen Fuß fest auf dem Gaspedal und erreiche die Kreuzung gerade in dem Moment, in dem die Ampel auf Grün schaltet und der Porsche über Rot fährt und in meinen vorderen Kotflügel kracht und davonschleudert, hinein in eine Bushaltestelle mit Plastikreklametafeln, die zersplittern.

Irgendwann im Laufe dessen trete ich auf die Bremse und bringe den Wagen zum Stehen. Von den Füßen aus pulsiert in gewaltigen elektrisierenden Schüben Adrenalin durch meinen ganzen Körper, ein guter Kick.

Als ich nachsehe, wie es Y.J. geht, schaut der mich an. Für den Bruchteil einer Sekunde sehe ich in seinen Augen etwas anderes als das übliche geheimnisvolle Funkeln, doch dann schaut er hinüber zum lädierten Porsche an der Bushaltestelle und zurück zu mir und ist wieder er selbst.

„Hoppla", sagt er.

Ich steige aus und inspiziere den Schaden an meinem Ken-und-Barbie-Wagen. Der Kotflügel ist hinüber, aber die Reifen scheinen in Ordnung zu sein.

„Sieht fahrbar aus", sage ich.

„Das zeigt dieser Nazi-Karre, wer hier auf der Straße der King ist."

Der Porschefahrer bleibt sitzen und setzt sein Handy-Telefonat fort. Er trägt eine Krawatte, die er vermutlich für „New Wave" hält.

Die Polizei kommt überraschend schnell. Der Porschefahrer lässt den ersten Beamten ganz nebenbei wissen, dass er Vorstandsvorsitzender einer Filmgesellschaft ist. Der Beamte stellt ihm einen Strafzettel aus.

Ich darf mit einer Verwarnung weiterfahren.

Als wir wegfahren, wartet der Studio-Chef auf einen Abschleppwagen, immer noch in seinem Auto, immer noch am Telefon.

✶

Mein Weizen-Vollkornbrot springt perfekt gebräunt aus dem Toaster und ich bestreiche es dick mit Butter. Das Adrenalin hat mich fertig gemacht, und nun bin ich hungrig. Der Ships Coffee Shop ist hell erleuchtet und hat auf jedem Tisch einen altmodischen elektrischen Toaster.

„Ich mache mir Sorgen um deine Seele", sagt Y.J.

Ich häufe Orangenmarmelade auf meinen Toast.

„Deine Seele wird sich bald nach einem neuen Zuhause umschauen, und ich bin mir nicht sicher, ob du sie hinreichend auf die Suche vorbereitet hast."

„Ich weigere mich, bei Ships über mein Seelenleben zu reden."

„Wo möchtest du denn dann darüber reden?", fragt er. „In der Kirche?"

„Nein, nein."

„Ich denke, wir sollten in einer Kirche darüber reden."

„Ich gehe in keine Kirche. Auf gar keinen Fall. Nicht jetzt."

„Das hier könnte eine Kirche sein. Eine Kirche ist nur ein Gebäude, in dem sich Menschen darauf einigen, dass sie für den Moment dem Guten in sich huldigen wollen, das sie Gott nennen, bevor sie rausgehen und sich wieder wie Arschlöcher aufführen – das könnte man genauso gut hier tun."

„Und", sage ich, „die Leute könnten gleichzeitig frühstücken."

„Ganz genau, sehr modern und effizient."

„Vielleicht sollten wir den Manager herrufen", sage ich. „Ich denke, wir haben hier eine topp Geschäftsidee."

„Nein, wir sollten es vorher ausprobieren", sagt Y.J. und bewegt den Toaster Richtung Tischmitte. „Wir werden Pioniere sein. Stell dir vor, das hier sei ... etwas Heiliges."

Ich kaue meinen Toast und nicke dabei.

„Und denk dir diese Gabel als deinen Körper und das Messer hier als deine Seele", sagt er und lässt die Messerklinge zwischen die Zinken der Gabel gleiten.

Die Kellnerin bringt während dieser Vorführung Y.J.s Orangensaft und Eier und Wurst für mich. Ich benutze mein eigenes Besteck, um mit dem Essen zu beginnen.

Y.J. runzelt die Stirn. „Weißt du, was in der Wurst ist?"

„Nein."

„Überlege dir nur, was Schweine fressen."

„Ich weiß nicht, was Schweine fressen."

„Essensreste."

„Du willst also sagen, ich esse Essensreste?"

„Essensreste aus zweiter Hand."

Ich esse weiter.

„Du vergiftest deine Gabel", fährt er fort.

„Meine Gabel."

„Deinen Körper."

„Soso."

„Im Augenblick", sagt Y.J., „machen wir uns aber eher um deine Seele Sorgen."

„Das Messer."

„Ganz genau", sagt er. „Und wenn du stirbst, wird die Gabel begraben."

„Oder verbrannt."

„Was auch immer. Deine Seele aber, das Messer, was geschieht mit der?"

„Die kommt in die Spülmaschine?"

„Okay", sagt er, „lass uns sagen, sie kommt in die Spülmaschine. Dann geht aber etwas schief, und das Messer gerät zwischen die Klingen. Also wird es weggeschmissen. Und es wandert in den Müll. Und dann wird es in eine Müllverbrennungsanlage geworfen. Und dann ist es weg."

„Das Leben ist ungerecht, und dann stirbst du?"

„Und doch ist es nicht weg. Das Messer besteht aus Atomen." Er beginnt, mit dem Messer herumzufuchteln, was die Aufmerksamkeit der neben uns sitzenden Kunden auf uns zieht. „Und die Atome werden durch Energie zusammengehalten. Und Energie kann nicht zerstört werden, nur umgewandelt. Also wird die Energie dieses Messers zu Hitze und Dampf und vereinigt sich mit der Luft."

„Im Grunde also das Smog-Problem."

„Und deine Seele wird das Gleiche tun."

„Zum Smog-Problem werden?"

„Sich umgewandelt vereinigen."

„Ich denke, du solltest vielleicht aufhören, mit dem Messer herumzufuchteln."

Das tut er und starrt mich dann an, während ich esse.

Ich esse meinen Teller ganz leer. „Also gut", sage ich. „Sich mit was vereinigen?"

„Wie immer du es nennen möchtest."

„Du meinst mit dem lieben alten Mann mit dem Bart."

„Oder mit der großen Party im Himmel. Oder mit den Vereinigten Staaten von Atomistan. Oder mit dem endgültigen grünen Rührei mit Schinken. Wie immer du es nennen willst."

„Ich möchte es nicht das endgültige grüne Rührei mit Schinken nennen."

„Was immer dir passt."

„Was ist mit der Hölle?", frage ich. „Woher weiß ich, dass die nächste Station für meine Seele nicht die Hölle ist?"

„Manche würden sagen, dass man dieses Risiko durch den Selbstmord eingeht. Du könntest dich in einer schlimmeren Situation wieder finden."

„Was könnte schlimmer sein?"

„Oh, ich bin mir sicher, dass du dir noch viel Schlimmeres vorstellen kannst."

Ich hole meine Camels raus und zünde mir eine an. „Na gut", sage ich, „aber was, wenn ich es aus einem guten Grund tue?"

„Was, wenn du auf den Hund gekommen bist?"

„Dann bin ich auf den Hund gekommen", sage ich. „Der liebe alte Mann mit dem Bart kann einem doch sicherlich ein bisschen Auf-den-Hund-gekommen-Sein vergeben."

„Warum sollte er das? Wenn er weiß, dass du weißt, dass du auf den Hund kommst?"

Pause.

„Na ja", sage ich. „Es besteht ja auch die Möglichkeit, dass ich, wenn ich tot bin ... einfach nur tot bin."

„Vielleicht", sagt er. „Hast du Lust, darum zu wetten?"

Ich wette gerne, aber nein.

Die Kellnerin kommt vorbei. „Brauchen Sie noch etwas?"

„Er braucht einen Grund zum Weiterleben", sagt Y.J.

„Was nicht auf der Speisekarte steht", sagt sie, „das führen wir nicht." Sie zwinkert mir zu, während sie unsere Teller abräumt.

„Hast du schon mal was von Elisabeth Kübler-Ross gelesen?", fragt Y.J.

„Ist das die Tante mit dem Leben nach dem Tod? Die fünf Stufen der Trauerarbeit und so?"

„Genau die. Sie hat Dutzende von Leuten interviewt, die als klinisch tot gegolten haben, Herzinfarkte, Ertrunkene und so weiter, die dann aber irgendwie, durch Ärzte oder einfach durch Glück, wieder zum Leben erweckt wurden. Und die hatten alle beim Sterben erschreckend ähnliche Visionen – sie haben gespürt, wie sie ihre Körper verließen und sich durch einen Tunnel hindurch auf ein helles weißes Licht zubewegten."

Ich blase ein paar stümperhafte Rauchringe in die Luft.

„Das Licht soll diese unbeschreibliche, tröstende Kraft ausstrahlen", fährt er fort. „Das Licht stellt, natürlich nonverbal, Fragen. Wie zum Beispiel: Was hast du gelernt? Welchen Grad von Menschlichkeit hast du erlangt? Hast du jemanden geliebt? Diese Art Fragen. Und ehrlich gesagt, Zeke, ich habe die Befürchtung, dass du dastehen und sagen wirst, dass du das alles gar nicht wirklich weißt. Es wird für dich ziemlich peinlich ablaufen."

Ich drücke die Camel im Glasaschenbecher aus. Nichts geht über eine Zigarette nach einer guten Mahlzeit.

„Du brauchst eine Anleitung", sagt er. „Also lass uns heute einen Ausflug nach Big Sur machen. Ich weiß, wo wir ein UFO treffen und die Hilfe bekommen können, die du brauchst."

„Ist dir klar, dass du gerade deinen Verstand verlierst?"

Y.J. grinst mich an wie ein Irrer. „Ich biete dir einen Deal an", sagt er. „Wenn ich dir den Selbstmord bis Sonntag nicht ausgeredet habe, dann mache ich die Reise mit."

„Welche Reise?"

„Dann werde ich mich auch umbringen."

„Was für ein bescheuerter Einfall."

„Es macht aber vollkommen Sinn. Wenn du es tust", sagt er, „wenn du meinst, dass es richtig ist, dann ist es vielleicht auch richtig, oder vielleicht führt es wenigstens zu etwas Richtigem. Und wenn das wahr ist, dann ist es für mich auch richtig dabei zu sein, denn ich bin hier, und so muss das der Grund für meine Anwesenheit sein."

„Meine Güte, ich mache mir Sorgen um dich."

„Ich mache mir Sorgen um dich."

„Ist das jetzt Männerbündelei oder ganz normale Männerfreundschaft?"

Y.J lacht. „Acta Sanctorum", sagt er.

„Was?"

„War nur Spaß."

Offenkundig amüsiert ihn meine mangelhafte Kenntnis dieser toten Sprache.

Die Kellnerin bringt die Rechnung und wieder hat American Express seinen Auftritt.

Wir gehen nach draußen zum Wagen, und ich bleibe stehen, um den zerbeulten Kotflügel anzustarren – aus dem zersplitterten Scheinwerfer baumeln nutzlos irgendwelche Drähte – und es gibt mir das Gefühl, dass alles so verdammt zerbrechlich ist und nur darauf wartet, kaputtgemacht oder verschlissen zu werden und sich in nutzlose Einzelteile aufzulösen.

*

Becky spielt gerade mit Blackie Fangen, als Y.J. und ich zurückkehren.
„Ihr habt mir keine Nachricht hinterlassen", sagt sie und erinnert mich damit an unsere lang vergessene Nachrichten-Vereinbarung.
Blackie kommt angerannt und sabbert Y.J. voll.
„Entschuldigung", sage ich. „Ich dachte, wir würden zurück sein, bevor du aufstehst."
„Das wärt ihr vielleicht auch", sagt sie, „Aber dieser Kojote kam ins Schlafzimmer und hat mich aufgeweckt."
„Wir machen heute einen Ausflug", sagt Y.J. zu Blackie.
„Hast du heute Probe?", frage ich Becky.
„Nein" sagt sie, „der Regisseur hat uns den Tag frei gegeben. Heute ruhe ich mich aus."
„Heute hast du deine Vorstellung", sage ich. „Und wir haben ein Rendezvous. Außerhalb der Stadt."
„Ach, wirklich?"
„Ich werde euch mit ein paar interessanten Freunden von mir bekannt machen", sagt Y.J. „Mit Orgoniern."
„Ihr wollt nach Oregon fahren?"
„Nein", erkläre ich, „nach Big Sur. Seine Freunde sind Außerirdische."
Becky sieht Y.J. an, der wie auf ein Zeichen nickt.
„Sie kommen aus der Galaxie Orgon", sagt er.
Becky richtet ihren Blick auf mich.
„Zieh dir was Legeres an", sage ich.

*

Becky steht in ihrem zu großen Herrenmantel aus dem Secondhandladen da und inspiziert den verbeulten Kotflügel. Ich nehme an, sie wartet auf eine Erklärung.

Ich belade den Wagen mit einem Picknick-Mittagessen, ein paar Decken, einer Kühltasche mit einem Zwölferpack Bier, einer Flasche Weißwein und drei Flaschen Rotwein. Y.J. lässt Blackie auf dem Rücksitz Platz nehmen.

Becky kann nicht aufhören, den Kotflügel anzustarren. Dann schaut sie mich an, Y.J. und den Kojoten, wieder den Wagen und dann wieder mich.

„Es wäre gut, wenn du dich anschnallst", sage ich.

*

Es ist ein wunderschöner Tag für einen Ausflug, was mich dankbar stimmt. Der Küstenwind auf dem Pacific Coast Highway ist kühl aber nicht kalt, der Himmel ist klarer als sonst, und weil im Prinzip Herbst ist, sind die Strände, an denen wir vorbeikommen, merkwürdig leer.

Der Radioempfang ist bereits recht schwach, und als ein Song von Duran Duran anfängt, schaltet Becky es aus. Eine Weile lang leben wir ohne Musik.

Gelegentlich höre ich über das Geräusch des Motors hinweg die Wellen brechen – ein gutes Gefühl, und ich denke dasselbe was ich immer denke, wenn ich mich so fühle: Ich sollte das öfter tun. Dann fällt mir wieder ein, dass dies das letzte Mal sein könnte, und das Gefühl intensiviert sich.

Blackie sitzt neben Y.J. auf dem Rücksitz, sodass sie alles sehen kann. Sie sabbert und ihre Speichelfäden fliegen in unserem Kielwasser.

*

Als wir uns Oxnard nähern, stelle ich einen dieser Oldie-Sender ein, die „Classic Rock" aus den Sechzigern und Siebzigern spielen. Crosby, Stills, Nash & Young singen darüber, dass sie einen Code zum Leben brauchen, America singen, ich brauche dich, und die Beatles singen, dass sie nur Liebe brauchen.

Was zu wahr oder zu peinlich ist, um es auszusprechen, das lässt sich immer noch singen.

Mir fällt ein, dass ich das mal an einer Wand gelesen habe – auf einer Party in einem abgewrackten Laden in Hollywood namens „Disgraceland". Wendy und Susie hatten mir von der Party erzählt. Sie selbst sind dort nie aufgetaucht. Jedenfalls lernte ich dort ein cooles Mädchen namens Pleasant kennen, das mir erklärte, dass die meisten der Graffitis für einen Reporter hingekritzelt worden seien, der meinte, er wäre beim Rolling Stone und würde für seinen Artikel recherchieren, der den Titel ‚A Lost Generation – Or a Nothing Generation?' tragen sollte.

Pleasant, die praktisch im Disgraceland wohnhaft war, zeigte mir sogar eine Kopie des Artikels, der letztendlich im Magazin einer Fluggesellschaft abgedruckt worden war. Sie lachte, während sie mich auf die Lügen hinwies.

Ich erkannte den Namen des Reporters – er war in Folge zu einem erfolgreichen Drehbuchautor geworden.

Als Joni Mitchell von Gesellschaftsspielen singt, und ich keine Classics mehr ertragen kann, schiebe ich die Replacements rein und spule zu „Here Comes a Regular" vor. Der Song ist für eine Instant-Depression immer zu gebrauchen.

„*Am I the only one who feels ashamed …*"

✱

Als wir die Route 1 erreichen, halten wir an und machen es uns auf einer Decke auf dem Sand gemütlich. Wir essen Brot mit Käse und trinken Wein aus den Gläsern, die Becky mitgebracht hat.

Der Wind weht die salzige Gischt der brechenden Wellen bis in unsere Gesichter herüber, und der Wein und die Nachmittagssonne halten uns warm.

Ich versuche, Worte für diese Stimmung zu finden – idyllisch, friedlich, herrlich, glückselig ...

„Ein Zustand der Vereinigung", sagt Y.J.

„Was?"

„Ein Zustand der Vereinigung", sagt er. „In meiner fanatischen religiösen Phase habe ich diesen Ausdruck von William James gestohlen. James glaubte, dass man während dieser Stimmungen empfänglicher sei für feierliche und heilige Gedanken."

Ich finde seinen Einwurf etwas unheimlich.

„Habt ihr Meatballs gesehen?", fragt Y.J.

Ich nicke. Das ist schon vertrauteres Gelände.

„Bill Murray sagt da diesen großartigen Satz", sagt Y.J. „‚Es spielt einfach keine Rolle mehr!'"

„In der Basketball-Szene."

„Das sagt alles."

„Furchtbarer Film", murmelt Becky.

✱

Während ich fahre, lasse ich meine Gedanken schweifen und muss unentwegt an den übergeschnappten Postboten denken, der allein auf einem Tandem herumfährt.

In dem Versuch, den Gedanken aus dem Kopf zu bekommen, konzentriere ich mich auf die Landschaft. Während meiner Orientierungsphase nach der Uni bin ich, betrunken und blauäugig, durch verschiedene Länder gereist, doch so Spektakuläres wie Big Sur habe ich nirgendwo gesehen.

Mein Blick wandert von der Serpentinenstraße hinaus über die Klippen und hinunter, wo sich die Sonne auf dem entfernten grünen Wasser spiegelt.

Es wäre ein Leichtes, über den Abhang hinauszufahren, vielleicht auch verlockend, wären da nicht meine drei Fahrgäste.

*

Wir hören einen anderen Oldie-Sender, der eine Live-Version von „Like a Rolling Stone" spielt. Als der Refrain einsetzt, grölt das Konzertpublikum mit, und wir tun es ihnen nach: *„How does it feel ..."*

Das Grölen der Menge steigert sich in kathartische Raserei, und wir haben gerade genug getrunken, um wie Wahnsinnige mitzuschreien – als wäre der Song unsere eigene Geschichte. Nur im Scherz, natürlich.

„Die waren damals vielleicht ziemlich abgefuckt", sage ich, das Radio während einer Werbeunterbrechung leiser stellend, „aber die Musik war gut."

„Muss eine wilde Zeit gewesen sein", sagt Becky.

„Grämt euch nicht, Kinder", sagt Y.J. „Unsere Zeit wird kommen."

„Unsere Zeit wofür?", frage ich.

„Irgendwas wird passieren müssen", sagt Becky.

„Was denn zum Beispiel?", frage ich.

„Das wird sich mit der Zeit zeigen", sagt Y.J.

„Vielleicht wissen es ja die ETs", sage ich.

„Genau", sagt Becky. „Und vielleicht leihen die uns auch etwas Geld, damit wir die Miete bezahlen können."

„Oder sie nehmen uns mit auf ihren Planeten", sage ich.

„Als Sklaven", sagt Becky.

„Sex-Sklaven."

„Ihr beiden glaubt wohl, ich mache Spaß", sagt Y.J.

Becky und ich sehen uns an und nicken.

„Vielleicht mache ich ja Spaß", sagt Y.J., „aber die Orgonier machen keinen."

„Okay", sage ich, „was zum Teufel soll das jetzt bedeuten?"

„Die haben einen anderen Humor als wir."

„Die Orgonier?", fragt Becky.

„Genau."

„Aus der Galaxie Orgon."

„Du hast aufgepasst."

„Y.J.", sagt Becky, „könntest du mir bitte eine Flasche Weißen rübergeben?"

Ich konzentriere mich nicht auf die Straße, da macht der Wagen in einer besonders scharfen Kurve einen Ruck zur Seite und gerät mit quietschenden Reifen in eine bedenkliche Schräglage. Einen Augenblick lang sieht Becky verängstigt aus.

„Hoppla", sagt Y.J. „Warte damit bitte bis Montag."

„Was?", fragt Becky.

„Was?", fragt Y.J. zurück.

„Was hast du da über Montag gesagt?"

„Ich dachte, du hättest gesagt, du wolltest den Weißwein", sagt Y.J., während er ihr die Flasche reicht. Dann zieht er ein Taschenbuch heraus, beugt sich nach vorne und verkündet: „Da wir in Kürze die Big-Sur-Henry-Miller-Memorial-Library passieren, werde ich dem Barden der Verdorbenheit nun mit einer Lesung unseren Respekt bekunden." Er tut es, in den Wind schreiend. Ich erkenne eine Tirade aus Millers Kurzgeschichten um 1930. „Zu keinem Zeitpunkt in der Menschheitsgeschichte war die Welt erfüllt von so viel Schmerz und Leid..."

*

Als es Nacht wird, kühlt die Luft ab, der Himmel ist klar und der Mond fast voll.

Der Lichtstrahl meines Scheinwerfers leuchtet über dünne Leitplanken hinaus ins Nichts, schwingt dann zurück auf die dahinfließende Straße und wieder zurück ins Nichts.

Zum ersten Mal seit langer Zeit fühle ich mich entspannt.

Ein Zustand der Vereinigung, vielleicht.

*

An einer jener halbkreisförmigen Ausbuchtungen, die im Auftrag der Highway-Kommission erbaut wurden, damit die Leute aus ihren Fahrzeugen steigen und die Landschaft bewundern können, während sie ihre Big Macs essen, von denen mir zugegebenermaßen jetzt auch einer schmecken würde, sagt mir Y.J., dass ich anhalten soll.

Nachdem ich den Motor ausgeschaltet habe, können wir tief unter uns das Brechen der Ozeanwellen hören.

„Wir sind da", sagt Y.J.

„Blackie springt aus dem Wagen, rennt herum und beschnuppert den Boden. Wir folgen ihr.

„Ist noch Wein übrig?", frage ich.

„Nur roter", sagt Becky. „Oder glaubst du, die Orgonier bevorzugen Weißwein?"

„Sie trinken nicht", sagt Y.J.

„Dann haben wir nicht viel gemeinsam", sage ich, „oder doch?"

„Du wirst überrascht sein."

„Das glaube ich dir aufs Wort."

„Lasst uns gehen", sagt Y.J.

„Ich dachte, es sei hier", sage ich.

„Das ist es auch", sagt Y.J., „wir müssen nur den Rest zu Fuß gehen."
„Zu Fuß?", frage ich, „wohin?"
Y.J. zeigt auf den Abhang. Ich sehe hinunter – es ist steil, und an den wenigen Stellen, an denen keine Felsen sind, ist dorniges Gestrüpp. Obwohl ich keine Schlangen sehen kann, weiß ich, dass sie geduldig auf uns warten.
„Wäre es nicht einfacher für die Orgonier, hier hochzufliegen?", frage ich. „Statt uns da runterklettern zu lassen?"
„So funktioniert das nicht", sagt Y.J.
„Wieso nicht?"
„Das kannst du sie fragen, wenn sie kommen. Hol die Decken."
Y.J. steckt sich eine Flasche Wein in die Jackentasche und Becky trägt eine weitere, während er uns über den mondbeschienen Klippenrand führt.
Der Pfad ist nicht so steil wie er ausgesehen hat, und Y.J. scheint zu wissen, wo es langgeht, doch ich weiß auch, wie gut er darin ist, so etwas vorzutäuschen.
Obwohl ich kaum glaube, dass mich ein Stolpern und ein Sturz umbringen könnte, ist ein Unfall, der mich zum Krüppel macht, nicht ganz ausgeschlossen, und das wäre wahrscheinlich noch schlimmer. Ich bewege mich also vorsichtig.
Plötzlich kommt mir in den Sinn, dass ich noch nicht entschieden habe, wie ich mich umbringen werde. Ich könnte einfach von einer Klippe springen. Der Bericht des Leichenbeschauers würde Trunkenheit als möglichen Grund anführen, woraufhin die Versicherung zahlen müsste.
Was aber, wenn ich mich dabei nur verstümmele? Mir ein Bein breche? Oder mir den Hals breche und querschnittsgelähmt bin? Scheiße. Dann werde ich versuchen, mich im Krankenhaus umzubringen, ohne Arme und Beine wird das aber nahezu unmöglich sein. Ich werde also jemand anderen darum bitten müssen, und es kommt zu einem großen Gerichtsverfahren, und Hollywood macht einen hirnrissigen Fernsehfilm daraus.
Nein, es muss ein sauberer, sicherer Tod sein.

Ich habe gehört, dass Ertrinken ein guter und gangbarer Weg sei. Irgendwer auf einer Party hat mir erzählt, dass er einmal nachts betrunken im Meer schwimmen war und von einem Sog so lange unter Wasser gehalten wurde, bis er Wasser eingeatmet hat. Wie er behauptet hat, habe er, sobald er hingenommen hatte, dass er es nicht mehr zur Oberfläche schaffen und sterben würde, ein Gefühl vollkommener Glückseligkeit verspürt. Dann hat er das Bewusstsein verloren.

Als er am Strand erwachte, standen sein Kumpel und ihre beiden Freundinnen über ihm. Er lebte noch und er war enttäuscht. Die Enttäuschung verschwand jedoch, als ihm wieder einfiel, dass er es noch am gleichen Abend treiben würde.

Von hellen Lichtern oder Stimmen hat er allerdings nichts erzählt. Vielleicht hat er sich die ganze Geschichte auch nur ausgedacht. Oder sie irgendwo aufgeschnappt und zu seiner gemacht, um bei der nächsten Cocktail-Party ein tolles Gesprächsthema zu haben. Auf jeden Fall ist diese Quelle nicht zuverlässig genug, um mich davon zu überzeugen, es mit Ertrinken zu versuchen.

Ob ich mich wohl zu Tode trinken kann?

John Bonham von Led Zeppelin hat das getan. Genauso Bon Scott von AC/DC. Ebenso Keith Moon von The Who. Ebenso ein Schulfreund von mir, der betrunken Auto gefahren ist. Andererseits waren all diese Typen viel erfahrenere und versiertere Party-löwen als ich. Ich würde wahrscheinlich nur mit einem höllischen Kater wieder aufwachen.

Krebs ist langsam, unzuverlässig und schmerzhaft.

Vielleicht kann ich in den nächsten paar Tagen so viel rauchen, dass meine Lunge vollkommen verstopft und ich ersticke.

Was werden andere Menschen davon halten? Könnte vielleicht das europäische Exil meines Vaters ruinieren. Könnte meiner Mutter einen Schock versetzen, der sie wieder zur Vernunft bringt oder auch nicht.

Leute wie Wendy und Susie und Bob werden gut damit fertig werden – Wendy und Susie werden wahrscheinlich voll auf die Erfahrung abfahren.

Ich brauche mich nur um Becky und Y.J. zu sorgen.

Im Grunde nur um Becky.

„Woran denkst du?", fragt Becky, wie üblich genau zum richtigen Zeitpunkt.

„Was?"

„Woran denkst du?"

„Ich versuche nur, nicht von dieser beschissenen Klippe zu stürzen."

„Du hast über irgendwas nachgedacht."

Sie merkt es fast immer, und ich verleugne es fast immer.

„Also", sage ich, „bist du schon sehr aufgeregt, gleich die Orgonier kennen zu lernen?"

Sie schaut zu Y.J. und zurück zu mir und verdreht die Augen. Wir lachen beide.

Wird sie es verstehen?

Und wenn, wie wird sie sich fühlen?

Scheiße.

Ich werde einen gottverdammten Abschiedsbrief hinterlassen müssen, um sie von jeglicher Schuld freizusprechen. Wie zum Teufel schreibt man so was? Vielleicht hätte ich das Komparatistik-Grundlagenseminar nicht von meinem Stundenplan streichen sollen.

✶

Y.J.s Pfad führt uns schließlich auf nackten Fels und zu einer sechs Meter abfallenden Steilwand.

„Wir haben hier ein Problem", mache ich den anderen klar.

„Nein, das haben wir nicht", sagt Y.J. und springt.

Er landet auf dem Sand, schlägt ein paar Purzelbäume und rollt mit einer Flasche Wein in der Hand wieder auf die Füße. „Geronimo", sagt er.

„Ich dachte, man muss ‚Geronimo' sagen, während man springt", rufe ich zu ihm hinunter.

„Zeig's mir."

Während Becky und ich noch zögern, springt Blackie. Sie landet auf ihren Pfoten, schliddert auf dem Bauch, erhebt sich dann wieder und rennt zu Y.J.

„Man muss ‚Geronimo' sagen, während man springt", sagt Y.J. zu ihr.

„Was zum Teufel bedeutet ‚Geronimo'?", fragt mich Becky.

„Das ist der Name eines Indianers."

„Das weiß ich", sagt sie, „Aber warum rufen die Leute seinen Namen, wenn sie springen?"

„Y.J.", schreie ich hinunter, „weißt du, warum die Leute ‚Geronimo' rufen, wenn sie springen?"

„Das ist der Name eines Indianers."

„Danke. Das wussten wir auch schon."

„Bereit?", fragt mich Becky.

„Schönheit geht vor."

Becky nimmt meine Hand und zieht mich. Wir springen zusammen und fallen zusammen und halten uns währenddessen weiter an den Händen, und der Sturz ist harmloser als erwartet.

*

Es kommt mir vor, als hätten wir eine andere Welt betreten – hinter uns liegt die Klippe, auf beiden Seiten sind riesige Felsblöcke, an denen wir nicht vorbeisehen können, und vor uns auf dem Meer der gefleckte weiße Pfad des Mondlichts.

Wundervoll, aber …

„Stört es sonst noch jemanden außer mir, dass wir hier in einer Falle sitzen?", frage ich.

„Wir sitzen in keiner Falle", sagt Y.J.

„Den Weg, den wir gekommen sind, können wir nicht zurückgehen."

„Es gibt andere Wege zurück."

„Ich fürchte, das wird nicht ohne einen sehr, sehr langen Fußmarsch zu machen sein."

„Du warst zu lange in L.A."

„Kein Streit hier."

Ich setze mich und ziehe mir die Schuhe aus. Becky tut dasselbe. Y.J. öffnet eine Flasche Rotwein.

„Was jetzt?", fragt Becky.

„Wir warten", sagt Y.J.

„Wird das jetzt so wie bei ‚Unheimliche Begegnungen der Dritten Art'?", frage ich.

„Nein."

„Wie wird es denn?"

„Wart's ab."

„Das hat meine Mutter immer zu mir gesagt: Wart's ab."

„Bevor oder nachdem sie übergeschnappt ist?"

„Wie lange müssen wir warten?"

„Das kann man nicht wissen", sagt Y.J. „Aber das gibt euch Gelegenheit, eure Fragen vorzubereiten. Und eure Wünsche."

Y.J. breitet eine der Decken aus, und wir setzen uns auf Indianerart. Er nimmt einen Schluck Wein aus der Flasche und reicht sie weiter zu Becky.

„Du hast doch schon mal mit diesen, äh, Orgoniern gesprochen, oder?", fragt Becky. Sie nimmt ebenfalls einen kräftigen Schluck, und gibt dann die Flasche an mich weiter.

„Ja", sagt Y.J. „Natürlich."

„Und sie haben deine Fragen beantwortet?"

„Manche davon."

„Was hast du gefragt?"

„Kann ich nicht sagen", sagt Y.J. „Ihr müsst euch schon eigene Fragen ausdenken."

„Ich war nur neugierig", sagt Becky.

„Fragt sie, was ihr wollt."

„Also gut", sagt sie. „Ich möchte wissen, welche anderen Lebensformen es da draußen gibt."

Ich drehe mich zu Y.J. und reiche ihm die Flasche. „Hast du sie das auch gefragt?"

„Ja."

„Warum kannst du es uns dann nicht sagen", sage ich, „und den Orgoniern die Mühe ersparen?"

„Ich finde, jeder sollte das selbst hören." Er trinkt.

„Was wirst du fragen?", fragt Becky mich.

„Du meinst, was ich fragen würde, wenn ich die Gelegenheit dazu bekäme?"

„Genau."

„Sei dir nicht zu sicher, dass es nicht dazu kommt", sagt Y.J. Er reicht Becky die Flasche.

Ich bin in letzter Zeit bestimmt nicht die ausgeglichenste Person, aber ich bin auch nicht völlig verrückt und gehe somit auch nicht davon aus, dass ich heute Abend mit Orgoniern plaudern werde. Ich fühle mich wie ein Kind im Zeltlager, das nachts am Feuer sitzt, Geistergeschichten zuhört und weiß, dass sie nicht wahr sind, aber die gruselige Vorstellung genießt, dass sie es sein könnten.

„Ich würde fragen, was der ganze Scheiß zu bedeuten hat", sage ich.

„Das ist etwas vage", sagt Y.J. „Wenn deine Frage verquer ist, dann erhältst du mit ziemlicher Wahrscheinlichkeit auch eine verquere Antwort."

„Warum bin ich auf diesem teuflischen Planeten?"

„Immer noch etwas vage."

„Ich möchte wissen, welche Mission ich zu erfüllen habe", sage ich. „Ich möchte mich wie ein Heiliger fühlen, der weiß, worauf es ankommt und was er zu tun hat."

„Ich bin mir nicht sicher, ob du dafür bereit bist."

„Danke."

Becky reicht mir die Flasche.

„Vielleicht solltest du einige Fragen über die Zeit stellen und darauf aufbauend auf deine eigene Zukunft zu sprechen kommen", sagt Y.J. „Von dem ausgehend, was du über die Zeit erfährst."

„Ich komme mir vor, als wäre ich wieder in der Schule ...,"

„Tja ...,"

„... bei einem LSD-geschädigten Lehrer."

Y.J. zuckt mit den Schultern und verzieht das Gesicht.

„Wir könnten fragen, ob es Jesus Christus wirklich gegeben hat", sagt Becky. „Und was sein Hintergrund war und so weiter. Das ist Geschichte. Das könnten sie doch beantworten, oder?"

„Ich denke schon", sagt Y.J.

Pause.

„Sind diese Orgonier auf irgendeine Weise mit uns verwandt?", fragt Becky.

„Das hier klingt allmählich wie eine neue Folge von ‚Sag die Wahrheit'", sage ich.

„Frag sie", sagt Y.J. zu ihr.

„Wir könnten sie über den Urknall ausfragen", schlage ich vor.

Becky und Y.J. werfen mir böse Blicke zu.

„Im Ernst", sage ich. „Wir könnten fragen, wie das Universum entstanden ist. Das würde doch auch eine Menge anderer Fragen beantworten und uns allen Zeit sparen." Ich trinke etwas mehr, als mir in dieser Runde zusteht.

„Ich denke mal, wenn die Theorie mit dem Urknall stimmt, dann müssen wir mit den Orgoniern verwandt sein", sagt Becky.

„Nicht gerade Cousins und Cousinen ersten Grades", sage ich, ihr die Flasche reichend, „aber dennoch verwandt."

Becky lacht und fragt: „Wie lange kommen sie schon auf diesen Planeten?"

„Frag die, die es wissen", sagt Y.J.

„Mir fallen eine ganze Menge Fragen ein", sagt Becky.

Mir fällt auf, dass sie diese albernen Fragen zu stellen beginnt, als würde sie es ernst meinen. Sie amüsiert sich und kommt mir verdächtig vor.

„Habt ihr beiden irgendwelche Wünsche?", fragt Y.J.

„‚Stairway to Heaven'", sagt Becky.

„‚Freebird'", sage ich.

„Ich liebe beide Lieder", sagt Y.J. „Und ich schäme mich nicht, es zuzugeben."

Wir unterhalten uns weiter über kosmische Themen und wie die Fragen am besten zu formulieren sind, aber dann beginnt es kühl zu werden und irgendwann geht uns auch der Wein aus, sodass wir uns hinlegen, die zweite Decke über uns breiten und uns aneinander kuscheln.

Ich bin gespannt, was mit mir geschehen wird, wenn ich sterbe. Wird das Licht am Ende des Tunnels wirklich eine Quiz-Show mit mir veranstalten?

Ich weiß, dass mir Nächte wie diese fehlen werden.

*

Als ich aufwache, ist es noch dunkel und Becky und Y.J. schlafen noch.

Ich komme mitten aus einem Traum.

Ich saß mit Molly Ringwald in einem Sattelschlepper. Sie saß am Steuer, aber irgendetwas stimmte nicht: Sie fuhr eine gewundene Bergstraße rückwärts herunter und schaute dabei nach vorne.

„Wir fahren zu schnell", sagte ich.

Ich weiß nicht, warum ich Molly nicht sagte, sie solle entweder in die Fahrtrichtung schauen oder aber den Lastwagen wenden.

„Wir fahren zu schnell", war alles, was ich sagen konnte.

Vielleicht hörte sie mich nicht. Im Radio lief laut „Please, Please, Please, Let Me Get What I Want" von den Smiths, und sie war darin vertieft.

Die Melodie mitsummend zog sie einen großen rosaroten Lippenstift aus einer Einkaufstüte von Camp Beverly Hills und schminkte sich in den Rückspiegel blickend ihre Lippen, während der Lastwagen ächzte und sich in scharfen Kurven über steil abfallende Klippen neigte.

Ich blieb cool und war stolz darauf.

Selbst als die Teen Queen beide Hände vom Steuer nahm und mit den Knien lenkte, um sich durch ihre roten Haare zu fahren, blieb ich cool.

„Wir werden sterben", sagte ich ruhig.

Sie spitzte darauf nur ihre Pretty-in-Pink-Lippen in meine Richtung, als ob sie sagen wollte, „Was, ich, Molly Ringwald, und sterben? Niemals!" Und summte weiter und raste weiter rückwärts und ohne auf den Weg zu achten den Berg hinunter.

Aus irgendeinem Grund verspürte ich eine enorme Zuneigung zu ihr, während wir eine Hundertachtzig-Grad-Wende machten und über die Klippe stürzten.

Molly bekam das nicht mit.

Also sagte ich es ihr. „Wir stürzen gerade eine Klippe hinunter."

„Ist nicht wahr!"

Dann schlugen wir auf, der Laster explodierte und ich stand plötzlich auf einer Party neben dem Swimmingpool und versuchte zu erklären, warum ich lebte und Molly gestorben war.

„Ich weiß es nicht", sagte ich, „es ist einfach so passiert. Vielleicht hätte Molly den Sicherheitsgurt anlegen sollen."

Diese Fremden lösten bei mir ein deprimierendes Schuldgefühl aus, und dann wache ich auf.

Dieser Traum schreit nach einer Deutung, doch mir ist mehr nach Schlafen. Ich brauche den Schlaf mehr als einen Einblick in mein Inneres. Ich konzentriere mich auf den Rhythmus der Wellen und auf Beckys Atem.

*

Die Sonne steht schon am Himmel, doch wir liegen noch im Schatten. Becky betrachtet mich still, während ich aufwache.

„Morgen", murmele ich.

„Guten Morgen."

Ich sehe mich um. Am Tag ist alles anders – es ist Ebbe, das Wasser ist dreißig Meter von uns entfernt, die Luft voller Meeresgerüche.

„Meine Güte", sage ich, „Ich hatte heute Nacht seltsame Träume."

„Ich auch."

Mein Hals schmerzt, und es gelingt mir, mich richtig auszuhusten.

Becky greift in ihren Mantel und zieht eine Flasche Mineralwasser hervor.

„Du bist ein Genie", sage ich.

„Einer von uns beiden muss das ja sein."

Nachdem ich getrunken habe, gebe ich ihr die Flasche zurück und bemerke, dass Y.J. nicht auf seinem Stück Decke ist. „Wo ist der Irre?", frage ich.

„Schwimmen mit Blackie."

Ich suche das Meer ab, kann ihn aber nirgends sehen. „Wo ist er denn hingeschwommen?"

„Etwa dorthin."

Da draußen ist es fürchterlich kalt, dessen bin ich mir sicher, und ich rücke etwas näher an Becky.

„Er ist sehr merkwürdig", sagt sie.

„Da hast du wohl Recht."

„Vielleicht sollten wir jemanden finden, der ihn mit Shirley MacLaine bekannt macht."

„Mir graust davor, was er mit ihr tun könnte."

Becky lacht.

„Wovon hast du geträumt?"

„Ich erinnere mich nicht mehr genau", sagt sie. „Aber es war seltsam. Und du?"

Ich erinnere mich ziemlich klar an die Sache mit Molly Ringwald und habe eine blasse Erinnerung an eine zweite Tragödie mit Elizabeth McGovern.

„Weiß nicht mehr", sage ich.

Becky nickt.

„Ich glaube, die Orgonier waren ein Flop", sage ich.

Wir lachen.

In der Hoffnung auf einen besseren Traum beschließe ich, noch einmal einzuschlafen.

*

Abgetrocknet, angezogen und erfrischt aussehend gesellt sich Y.J. zu Becky und mir, während wir im Halbschlaf unter der Decke liegen.

„Und?", sagt er.

„Und was?", sage ich.

„Wollt ihr darüber reden?"

„Worüber?"

„Über die Orgonier."

„Was gibt es da zu reden?"

„Ihr müsst es mir nicht sagen."

„Dir was sagen?"

„Was ihr sie gefragt habt. Was sie geantwortet haben."

Ich schaue zu Becky, die ihren Kopf unter die Decke zieht.

„Y.J.", sage ich, „sie haben sich nicht blicken lassen. Erinnerst du dich?"

„Oh", sagt er. „Ich dachte, dass sie vielleicht gekommen sind, nachdem ich eingeschlafen bin."

„Ich fürchte, nein."

„Gut", sagt Y.J. „Man sollte von den Orgoniern nicht erwarten, dass sie für einen die Fragen beantworten."

Er verzieht sein Gesicht zu einer scherzhaft rechtschaffenen Grimasse – ich vermute zumindest, dass sie scherzhaft gemeint ist –, wendet sich dann von uns ab und geht weg.

Ich ziehe meinen Kopf zurück unter die Decke, zu Becky. Als wir wieder herauslugen, ist von ihm nichts zu sehen.

„Ich glaube, wir sind jetzt alleine", sage ich.

„Ich glaube, es gibt ein Lied, das so geht", sagt sie.

„Tommy James and the Shondells."

„‚Crimson and Clover.'"

„Genau." Ich lächele sie an, und es ist ein sexueller Blick, den sie als einen solchen erkennt.

„Ich hoffe, du denkst nicht, dass das etwas ändert", sagt sie.

„Was ändert?"

„Manchmal kannst du der beste Mensch des Universums sein, aber ich weiß, dass du dich, sobald wir zu Hause sind ... ausschaltest."

Ich schüttle den Kopf in einer, wie ich hoffe, beschwichtigenden Geste.

„Ich muss ausziehen", sagt sie. „Das weißt du."

„Das weiß ich überhaupt nicht."

„Doch, das tust du", sagt sie. „Ich muss."

Ich zucke mit den Schultern.

„Das verstehst du doch", sagt sie, „oder nicht?"

Ich zucke noch einmal mit den Schultern, möglicherweise sogar zustimmend.

„Ich will, dass du das verstehst", sagt sie.

„Das tue ich."

„Wirklich?"

„Ja."

„Es hat einfach irgendwann zu sehr wehgetan."

Pause.

„So wie es war", fügt sie hinzu.

„Ich weiß."

Pause.

„Darf ich dich trotzdem küssen?", frage ich.

Sie schließt die Augen und schüttelt den Kopf.

*

Sie reitet auf mir, ihr Hemd, den Shetland-Pullover und die Socken noch angezogen.

Als sie ihren Kopf zurücknimmt und sich ihre Augen schließen, benutze ich die Gelegenheit, um mich umzuschauen: Meereswogen, große Felsen, Möwen im Sturzflug, eine im Dunst brennende Sonne. So sollte jeder Morgen aussehen.

Ich weiß nicht, warum ich es noch nie im Freien gemacht habe.

Das führt mich zu der Frage, wie viele andere gute Sachen mir wohl entgangen sind.

*

Hinterher rennen wir nackt in die kleinen Morgenwellen, die frostig kalt sind, sich aber dennoch gut anfühlen, und ich weiß nicht, wann ich mich zum letzten Mal so wach gefühlt habe.

Schon bald laufen wir wieder zurück zu den Decken, um uns abzutrocknen, aufzuwärmen und anzuziehen.

„Ich muss um drei im Theater sein", sagt Becky.

„Kein Problem."

„Von hier zurück ins Theater."

„Ja?"

„Ja."

„Hast du schon mal daran gedacht, kaltes Wasser ins Publikum zu schütten?", frage ich. „Sie sind doch da, um etwas zu fühlen, also …"

„Ich bin mir sicher, dass das schon mal jemand gemacht hat."

„Oder das Ensemble mit Baseballschlägern ins Publikum schicken, um sie windelweich zu prügeln?"

Becky lacht, „Bist du heute Morgen vielleicht ein bisschen aggressiv?"

„Ich weiß nicht, warum ich das gesagt habe."

„Manchmal mache ich mir wirklich Sorgen um dich", sagt sie lächelnd.

Ich würde ihr gerne von meinem Selbstmord erzählen, nur wie? Wir ziehen uns fertig an und falten die Decken zusammen.

„Ich denke, wir sollten unseren Pfadfinder suchen", sage ich.

„Das mit den Orgoniern hat er nicht ernst gemeint", sagt Becky, „oder?"

„Wer weiß."

„Weiß er es?"

„Keine Ahnung."

„Interessant."

„Ja."

„Ich hoffe, er wird nicht irgendwann eingebuchtet."

*

Wir finden Y.J. bei einem Flutbecken voller kleiner Fische, Krebse, Sternfische und Muscheln. Als wir zu ihm stoßen, beobachtet er etwas darin gebannt.

„Schaut mal", sagt er. „Seht euch diese drei an."

Zwei mittelgroße Felskrebse umkreisen sich mit gestreckten Scheren, um sich einen Vorteil zu verschaffen. Ein kleinerer, in eine Ecke geflohener Krebs hat eine seiner Scheren sowie ein paar Beine verloren.

„Wobei soll ich ihnen zusehen?", frage ich.

„Schaut nur."

Nachdem sie sich oft genug umkreist haben, gehen beide Kämpfer auf die Scheren des anderen los. Der dritte Krebs versucht unterdessen zu entwischen, doch da er verkrüppelt und nicht sehr schnell ist, zwingen ihn die beiden anderen problemlos in die Ecke zurück.

„Was machen die?", fragt Becky.

„Sie kämpfen um den Kerl mit der einen Schere", sagt Y.J. „Er ist das Abendessen für den Sieger."

„Dem Kerl mit der einen Schere scheinen schon ein paar Beine zu fehlen", sage ich.

„Ja", sagt Y.J., „das war heute nicht sein Tag."

„Warum schauen wir uns das an?", sagt Becky.

„Das", sage ich, „ist wahres Theater."

„Kommt", sagt Becky, „ich muss zurück."

„Wir haben noch Zeit", sage ich.

Wir schauen weiter zu. Keiner der größeren Krebse scheint sich einen besonderen Vorteil verschaffen zu können.

„In der wievielten Runde sind wir?", frage ich.

„In der letzten, glaube ich."

„Hast du die Wettkampfteilnehmer schon identifiziert?"

„Der kleinere, der noch beide Scheren hat, ist Rocky", sagt Y.J. „Der größere hat angefangen."

„Rambo."

Rocky und Rambo fahren mit ihrem Schalentier-Patt fort, während sich der einscherige Krebs im Hintergrund hält.

„Womit der, der aufgefressen wird, Sylvester Stallone sein dürfte", sage ich.

„Ja, Sly ist totes Fleisch."

„Okay", sagt Becky. „Das hier wird mir langsam etwas zu geschmacklos."

„Du kannst dem ein Ende machen", sagt Y.J. „Wir alle könnten mit einem Stock oder so eingreifen. Gott spielen."

Keiner von uns tut etwas.

Rocky und Rambo gehen wieder in den Scheren-Clinch, und wieder versucht Sylvester abzuhauen, doch diesmal greift Rambo nach ihm, packt eines von Sylvesters Beinen und reißt es ab. Sylvester kontert mit seiner einzigen Zange, doch da schnappt Rocky plötzlich mit seiner Zange Slys Schere am Gelenk und zerbricht dessen Schale.

Sylvester schleppt sich zurück in seine Ecke, einen Klumpen Schere hinter sich lassend.

Rocky und Rambo nehmen sich wieder ins Visier. Dann, anstatt aufeinander loszugehen, schieben sie sich langsam seitwärts an Sylvester heran. Ihre Punktaugen immer noch aufeinander gerichtet, schlitzen sie Sylvester von beiden Seiten auf.

Sylvester verliert zwei weitere Beine und sackt in den Sand.

Ich frage mich, ob ihm wohl klar ist, dass er so gut wie tot ist.

„Das ist doch krank", sagt Becky.

„Real-Life-Theater", sage ich.

„Aber ich muss mir das doch nicht ansehen."

„Na gut."

Becky schaut weiter zu.

Das Spektakel geht weiter, und schon bald gewinnt Rambo die Kontrolle über das Gelände. Er benutzt eine seiner Scheren dazu, Sylvester auf seinen Rücken zu kippen, dann beginnen seine Scheren, Sylvesters weichen Bauch anzustechen und aufzuschlitzen. Slys Beine strampeln weiter.

Rocky hat inzwischen eindeutig das Handtuch geworfen.

*

Nach einer absurd langen Wanderung erreichen wir das Auto und fahren los in Richtung L.A. Niemand redet viel.

Es fühlt sich gut an, wieder unterwegs zu sein, in Bewegung zu sein, doch irgendetwas an der eingeschlagenen Richtung stört mich, obwohl ich nicht weiß, welchen verfluchten Weg wir sonst hätten nehmen können.

*

In einer kleinen Küstenstadt halten wir an einer Pizzeria und bestellen uns eine Tomaten-Oliven-Pizza und dazu einen Krug Bier.

Der Laden ist voll mit Familien und Videospielen. Die Kids, die keine Videospiele spielen oder herumrennen, glotzen auf einer großen Videoleinwand MTV. Einige der Eltern ertappen sich dabei, wie auch sie hinstarren, reißen sich dann aber während einer Werbeunterbrechung oder einer der Albereien eines Veejays los.

Plötzlich erscheint auf dem Bildschirm ein umwerfendes Model, das wie eine Prostituierte aufgemacht ist. Sie tanzt wie eine betrunkene Giraffe und ist vollkommen hingerissen von einem mittelmäßig aussehenden Rockmusiker, dessen Make-up nicht dick genug ist, um seine Pockennarben zu verdecken. Ich gaffe hin, bis die Szene in eine Reklame mit demselben Model übergeblendet wird, diesmal aber mit einem bemerkenswert frischen Gesicht. Susies „Star-Trek"-Wesen kommt mir in den Sinn, ebenso wie die Pest, obwohl mir die Zusammenhänge nicht ganz klar sind.

„Was schaust du dir da an?", fragt mich Y.J.

„Was?"

„Warum schaust du dir das an?", fragt mich Becky.

Ich schnelle zurück ins Leben. Unser Bier ist da. Y.J. schenkt mir sogar gerade ein Glas ein.

„Nichts", sage ich.

„Den Schrott kannst du dir zu Hause angucken", sagt Becky.

„Ich will mir das nicht zu Hause angucken."

„Warum guckst du es dann hier an?"

„Weil ich hier nicht zu Hause bin."

Gibt es für Selbstmorde eine besondere Hölle, in der man wie in „Clockwork Orange" gefesselt und gezwungen wird, sich bis in alle Ewigkeit Rockvideos aus den 80ern anzuschauen?

Ich trinke etwa mein halbes Bier in einem Zug und zünde mir dann eine Zigarette an. Mir ist mehr nach einem Whisky.

„Fernsehen ist interessant", sagt Y.J. „Wenn man denn genug Zeit hat, dem Niedergang der westlichen Zivilisation zuzuschauen."

*

In Santa Barbara beginnt der Verkehr zuzuschlagen. Wir stecken fest hinter einem uralten, aus dem Auspuff sabbernden Kombi mit einer Surfbrett-Halterung auf dem Dach und einem Aufkleber auf der Stoßstange: „GOD IS COMING AND BOY IS HE PISSED OFF!"

Becky ist ein wenig besorgt wegen der Zeit. Ich verspreche ihr, sie zum Theater zu bringen, noch bevor der Vorhang gelüftet wird, und beginne Gas zu geben und mich durch den Verkehr zu schlängeln.

Ich schalte das Radio an und es läuft „Communication Breakdown" von Led Zeppelin. Ich fange an auf dem Lenkrad herumzutrommeln und werde wieder von diesem Gefühl ergriffen, das ich hatte, als ich gerade mit dem Fahren angefangen hatte: dem Drang, das Pedal ganz durchzudrücken und dabei zuzusehen, wie die Tachonadel hochschnellt und die Landschaft verschwimmt, bis ich zur anderen Seite durchbreche. Was immer das heißen mag.

Gegenüber meinen Fahrgästen erwähne ich nichts davon.

Ich wünschte, ich könnte mich erinnern, ob ich dieses Gefühl hatte, bevor oder nachdem ich „Fluchtpunkt San Francisco" gesehen habe.

*

Um halb drei erreichen wir Downtown L.A., aber von den Obdachlosen vor den Getränkemärkten abgesehen, könnte es sich dabei auch um ein neues Testgelände für Atombomben handeln.

Wir rasen durch die größtenteils leeren Straßen Richtung Theater, bis hinter einer Ecke ein Polizeiwagen steht, den ich nicht sehe, als ich mit etwa hundert an ihm vorbeischieße und für den Bruchteil einer Sekunde in die Augen des Polizisten blicke.

„Jetzt sind wir angeschissen", sage ich und verringere das Tempo.

„Du kannst sagen, es sei ein Notfall", schlägt Becky vor.

Irgendwie glaube ich kaum, dass uns die Bullen das abnehmen werden, doch ich werde es nie erfahren, weil diese Ordnungshüter anscheinend größere Sorgen haben, als adoleszenten Rasern in einem alten amerikanischen Cabrio nachzujagen.

*

Wir kommen um drei Uhr neununddreißig an. „Noch ganze einundzwanzig Minuten bis zum Vorhang", verkünde ich.

Becky hat bereits den Wagen verlassen und rennt zum Theater, auch bekannt als Jake's Bar. Nachts eine Bastion der Bohème, sonntags ein provisorisches Theater.

Ich parke und überlege mir, mit welcher Wahrscheinlichkeit der Wagen wohl gestohlen oder vielleicht auch nur beschädigt wird, als mir einfällt, dass wir ja Blackie hier draußen lassen müssen, und der Wagen somit gut aufgehoben sein wird.

Y.J. bindet Blackie ans Lenkrad und flüstert ihr etwas ins Ohr.

„Ich glaube, hier wurde ‚Repo Man' gedreht", erzähle ich Y.J. auf dem Weg zum Eingang.

„Cooler Streifen."

„Merkwürdig, aber er hat funktioniert."

„Nicht merkwürdiger als das hier", sagt Y.J. und weist auf die umliegenden Gebäude, während wir an einem verrosteten Chevy auf Wagenhebern vorbeikommen, der den Parkplatz neben einem BMW 735i einnimmt.

„Ich glaube, genau darum ging es", sage ich.

„In dem Film ging es um etwas?"

„Ich glaube, ja. Und schon das macht ihn so merkwürdig."

Wir quetschen uns in die Theater-Bar, wo einige Dutzend Leute trinkend auf dem schmutzigen Zementboden herumlungern.

„Das ist ja eine Bar", stellt Y.J. fest.

„Ja", sage ich. „Außer sonntags, da ist hier Kunst angesagt."

„Auf Sonntag", sagt Y.J., „folgt Montag."

„Die Bühne ist in dem anderen Raum", sage ich, „in dem sonst die Bands auftreten."

Y.J. sieht sich um, nickt anerkennend. „Mir gefällt's hier."

Wir holen uns an der Bar ein paar Bier in Plastikbechern. Dunkel, heiß, faulig, verraucht – Gerüche von konzentriertem Menschenleben.

Während Y.J. zur Toilette geht, zünde ich mir eine Zigarette an und belausche ein Pärchen in meiner Nähe. Sie streiten über einen Film. Das Mädchen sagt, er sei zu „männlich orientiert". Der Typ sagt: „Was?"

Y.J. kehrt schon bald zurück. „Ich habe gerade ein paar wirklich interessante Klosprüche gelesen", sagt er.

„Im Ernst?"

„Ja", sagt er, „Bist immer noch ein Klosprüche-Aficionado?"

„Wenn es die Zeit zulässt."

„Dann solltest du da reingehen und deine Lektüre auf den neuesten Stand bringen."

Ich denke noch darüber nach, da blinken schon die Lichter auf.

Showtime.

*

Becky hat mir sehr wenig über diese Produktion erzählt, doch ich bekomme das Gefühl, dass es problematisch werden könnte, als ich sehe, dass hinter dem einsamen kreuzförmigen Baum auf der Bühne eine große Dialeinwand steht.

Ich fange an, mir ernsthaft Sorgen zu machen, als das erste Dia eine Nahaufnahme einer großen weiblichen Brust zeigt, und ein Song von The The einsetzt. „*Today is the day your life will surely change, Today is the day when things fall into place …*"

Die Musik wird ausgeblendet und das Licht gelöscht.

Als die Lichter wieder angehen, sitzt Becky in einem Modepunk-Kostüm auf der Bühne und müht sich ab, einen Motorradstiefel auszuziehen. Auf dem Dia im Hintergrund schwingt die Freiheitsstatue statt der Fackel eine Flasche Gallo Port und in ihrem Mund steckt eine aufgesprühte Zigarette. Miss TV-Star betritt die Bühne in einem Kostüm, das dem von Becky ähnelt, nur bunter ist.

Die Neckerei beginnt:

„Nichts zu machen."

„Ich glaub es bald auch. Ich habe mich lange gegen den Gedanken gewehrt. Ich sagte mir, Wladimir, sei vernünftig, du hast noch nicht alles versucht. Und ich nahm den Kampf wieder auf. Du bist also wieder da!"

„Meinst du?"

„Ich freue mich, dich wieder zu sehen. Ich dachte, du wärst weg für immer."

„Ich auch."

„Wie sollen wir das Wiedersehen feiern? Steh auf, lass dich umarmen."

„Wart schon! Wart schon!"

„Darf man fragen, wo der Herr die Nacht verbracht hat?"

„Im Graben."

„Im Graben! Wo denn?"

„Da hinten."

„Und man hat dich nicht geschlagen?"

„Doch ... Nicht so schlimm."

Das Publikum lacht an den richtigen Stellen. Becky und Miss TV-Star sind beide gut.

Dann wechselt das Dia zum Werbefoto eines momentan erfolgreichen Frauen-hinter-Gittern-nehmen-lange-Duschen-Films, was noch mehr Gelächter erzeugt, allerdings höhnisches Gelächter, und ich habe das Gefühl, dass die Situation auf ungute Weise auf eine Katastrophe zusteuert, aber dann ernten auch Becky und Miss TV-Star mit ihrem Text immer größere Lacher.

Sie spielen um jeden Lacher, den sie kriegen können. Sie machen sich hin und wieder sogar über ihren eigenen Text lustig, um sich dann darüber lustig zu machen, wie sie sich über den Text lustig gemacht haben, und es funktioniert.

*

In der Pause lese ich das Programmheft. Becky, aufgelistet als Becky B., weil eine andere Schauspielerin aus der Gewerkschaft den Namen benutzt, hat eine ganz einfache Bio: ist Schauspielerin. Wir haben einen ganzen Abend gebraucht, um uns das auszudenken.

Ich gehe zu Y.J. an die Bar. Er hat schon Bier für mich mitbestellt. Ich zahle.

„Wie findest du es bis jetzt?", frage ich ihn.

„Ich finde, du solltest die Filmfassung schreiben. Ändere nichts. Lass es nur in einer High-School spielen."

„Jonathan-Richman-Soundtrack?"

„Bon Jovi, Mann."

Ich spüre einen weiteren Anfall von Albernheit heraufziehen.

„Ich glaube, ich befolge mal deinen Ratschlag", sage ich. „Und bringe meine Lektüre auf den neuesten Stand."

Der größte Spruch ist mit orangefarbener Wachskreide geschrieben.

EAT MY FUCK

Und darüber, mit schwarzem Kuli:

„Was ist die Hölle? Ich bleibe dabei, es ist
das Leid der Unfähigkeit zu lieben."
- Pater Zossima

Dem hat jemand hinzugefügt:

„Bevor ich LSD genommen habe, war ich unfähig zu lieben."
- Cary Grant

Ich schaue auf das erste schwarze Kuligekritzel, Dostojewski City, und plötzlich fällt mir auf, dass die Schrift verdächtig der von Y.J. ähnelt, aber es kann natürlich nicht die von Y.J. sein, denn wie hätte Cary Grant dann darauf antworten können?

Nein, entscheide ich, Paranoia ist auch die Hölle, und Y.J. ist nicht der einzige Mensch, der so denkt.

Ich überfliege ein Sprüche-Duell:
KUNST RETTET
Eine zweite Person fügt hinzu:
JESUS RETTET
Eine dritte Person fügt hinzu:
Weil er bei K-Mart einkauft
Und eine vierte fasst es mit einem Pfeil, der auf den Spruch der dritten Person zeigt, zusammen:
Was für ein Arschloch!
Und dann noch der zeitlose Klassiker:
Such den Witz nicht an der Wand,
du hältst ihn gerade in der Hand!

*

„Ich kann nicht mehr so weitermachen."
„Das sagt man so."
„Sollen wir auseinander gehen? Es wäre vielleicht besser."
„Morgen hängen wir uns auf. Es sei denn, dass Godot käme."
„Und wenn er kommt?"
„Sind wir gerettet."
„Also, wir gehen?"
„Zieh deine Hose rauf."
„Wie bitte?"
„Zieh deine Hose rauf."
„Meine Hose ausziehen?"
„Zieh deine Hose *herauf*."

„Ach ja."

„Also, wir gehen?"

„Wir gehen."

Sie gehen nicht von der Stelle.

Der letzten Verdunklung folgt eine Ovation.

Y.J. und ich warten eine Weile und gehen dann in den Raum, der als Umkleide dient. Miss TV-Star ist umgeben von Verehrern und den üblichen kriecherischen Typen.

Becky hat auch einen Anteil von Verehrern, doch als sie mich erblickt, löst sie sich von der Gruppe und kommt zu mir, lächelnd und mit nach mir ausgestreckter Hand. Da ich ihr schon so viele Leute habe sagen hören, wie toll sie war, ist alles, was ich tue, sie zu küssen und hallo zu sagen.

Es folgt eine eigenartige Pause zwischen uns, dann wird sie von Leuten weggezogen, die mit ihren Komplimenten schneller sind.

Ich setze mich in eine Ecke und beginne daran zu denken, wie ich mich in Becky verliebt habe, und so verbringe ich, was sich wie eine lange Zeit anfühlt. Dann plötzlich sitzt sie neben mir, ihre Hand auf meiner Schulter.

„Bring mich weg von hier", sagt sie.

*

Auf unserem Weg nach draußen sehe ich den Typen und das Mädchen, die ich an der Bar belauscht habe, und jetzt lachen sie miteinander. Gut, denke ich.

Blackie liegt auf der Kühlerhaube des Wagens, steht aber auf und bellt zur Begrüßung, sobald sie uns erblickt. Ich erzähle ihr, was für eine großartige Vorstellung sie verpasst hat und wie phänomenal Becky war und wundere mich kaum darüber, dass ich mit einem Tier spreche.

„Für Blackie wäre es ganz besonders interessant gewesen", sagt Y.J. „Sie war nämlich bei der Uraufführung in Paris dabei."

„Bind sie vom Lenkrad los", sage ich.

*

Wir fahren nach Bel Air auf eine Grillparty, die eine Freundin von Miss TV-Star ausrichtet. Es gibt einen Parkdiener, vielleicht eine der besten Errungenschaften von Los Angeles. Y.J. holt Blackie, während wir durch das im spanischen Stil gehaltene Haus spazieren.

Draußen auf der Veranda stehen Dutzende von Leuten, von denen ich weniger als die Hälfte bei der Aufführung gesehen habe. Sie alle essen und trinken und unterhalten sich, während aus den draußen aufgestellten Lautsprechern Joe Jackson schreit: „*The L.A. sun can turn your brains to scrambled eggs ...*"

Doch niemand widmet Joe sehr viel Aufmerksamkeit.

Dank Blackie zieht Y.J. auf der Stelle weibliches Interesse auf sich. Becky und ich gehen zur Bar am Swimmingpool. Sie bekommt Champagner und Komplimente und ich einen doppelten Whisky.

Zwei junge Schauspieler halten neben einer Tiki-Fackel Hof. Sie posieren inmitten der auf sie gerichteten schwanzwedelnden Aufmerksamkeit mehrerer Mädchen, von denen ich eines als Playboy-Wichsposter-Schauspielerin wieder erkenne.

„Hast du nicht mal mit dem Typen da zusammengearbeitet?", frage ich.

„Einmal", nickt Becky.

„Willst du nicht hallo sagen oder so was?"

„Als ich ihm das letzte Mal hallo gesagt habe, tat er so, als wollte ich ein Autogramm und seine benutzte Unterhose."

„Und? Hat er sie dir gegeben?"

Sie schneidet eine Grimasse, wendet sich dann ab und lächelt, um ein weiteres Kompliment entgegenzunehmen.

Mir fällt ein kleiner Kerl ins Auge, der schnurstracks durch die Menge marschiert. Er packt eines der Mädchen, die um die beiden jungen Schauspieler herumscharwenzeln. Sie entzieht sich ihm. Die jungen Schauspieler sagen beide etwas zu ihrem winzigen Rivalen, der jedoch plötzlich ausholt, und dem Schauspieler, mit dem Becky zusammengearbeitet hat, eins auf die Nase verpasst – der hält sich die Hände vors Gesicht, und Blut fließt zwischen seinen Fingern hervor in seinen Mund, während er unter Schock stehend vor sich hin flucht.

Sein Kumpel schreit nach Hilfe, schafft es aber, dabei eine einigermaßen lässige Pose zu bewahren, bis ihm der kleine Typ in die Eier tritt.

Die Hölle bricht aus, als Leute herbeigeeilt kommen, um den kleinen Typen zurückzuhalten, der mittlerweile völlig außer sich ist und wie wild auf beide Schauspieler einschlägt und -tritt.

Ein Fotograf hält alles mit einer Nikon fest.

Y. J. kommt rüber zu Becky und mir. „Lebhafte Party", sagt er. „Abgang?"

Während all dem schreit Joe Jackson immer noch aus den Lautsprechern: „*Well, the Playboy centerfold leaves me cold, and that ain't, cause I'm a fag ... you get crazy ...*"

*

Zu Hause essen wir etwas vom Chinesen und trinken billigen Sake, und schauen uns dabei James Stewart in „Ist das Leben nicht schön?" an.

Becky weint jedes Mal, wenn sie diesen Film sieht. Auch ich musste heulen, als ich ihn zum ersten Mal sah, aber damals war ich auch noch ein Kind.

Danach gehen wir auf der Promenade spazieren. „Wenn einem alles hoffnungslos konfus erscheint", sagt Y.J., „dann muss man sich vor Augen halten, dass es einem nur so erscheint. Denkt an Blackies Situation. Wenn ich mit ihr wegen irgendeines Gesundheitsproblems zum Tierarzt muss. Wegen Würmern beispielsweise. Und der Tierarzt muss sie über Nacht dabehalten, damit sie gesund wird. Na ja, auf Blackie wirkt das alles nur wie sinnlose Folter."

„Ich meine, man sticht mit Nadeln auf sie ein und eine behandschuhte

Hand greift in ihren Hintern, und dann wird sie über Nacht in einen Käfig geworfen. Aber nur, weil das für sie wie sinnlose Folter wirkt, heißt das noch lange nicht, dass es auch sinnlose Folter ist. Sie kann sich nur kein Bild von der Gesamtsituation machen. Sie mag zwar eine erleuchtete Seele sein, aber das ändert nichts an der Tatsache, dass sie das Hirn eines Tieres hat."

Ich drehe mich zu Becky. „Ich bin mir nicht sicher", sage ich, „aber ich glaube, er will uns sagen, dass unser Leben ein einziger schlechter Trip mit Würmern beim Tierarzt ist."

„Mitternacht kommt schneller, als man denkt", murmelt Y.J., zu meiner Verteidigung und zu seinem Amüsement.

„Was?", fragt Becky.

„Guck mal", sage ich.

Blackie tollt mit einem gefundenen Knochen herum, als habe sie gerade ein Gramm synthetisches Kokain geschnupft.

„Natürlich", sagt Y.J., „besteht immer die Möglichkeit, dass das Tier mehr weiß, als wir uns vorstellen können."

*

Ich liege im Bett und schaue Becky dabei zu, wie sie sich im Mondlicht auszieht. Ich denke daran, wie sie auf der Bühne ausgesehen hat.

„Hast du den Wecker gestellt?", fragt sie.

„Nein", sage ich. „Ich bin krank."

„Ich weiß", sagt Becky, „aber wie du schon so oft gesagt hast – um nichts anderes als Krankheit geht es doch bei deinem Job."

„Ich gehe morgen nicht hin."

„Irgendein besonderer Grund?"

„Ich habe keine Lust, früh aufzustehen, nur um gefeuert zu werden oder um zu kündigen."

„Du kündigst?"

„Ich werde mir einen anderen Job suchen."

„Ich hoffe bald."

„Sieh mich an", sage ich. „Würdest du mich etwa nicht einstellen?"

„Meinst du das ernst? Du kündigst?"

Ich nicke.

Sie starrt mich einen Augenblick lang an, zieht sich dann bis auf ihr weißes Höschen aus, kommt ins Bett und kuschelt sich eng an mich. Ich denke darüber nach, wie anders ihre Stimme auf der Bühne geklungen hat.

„Gott, bin ich müde", sagt sie.

„Dann schlaf doch."

„Ich bin nicht auf die Art müde."

„Auf welche Art bist du denn dann müde?"

„Müde müde."

„Ach so, müde müde."

Sie fährt mit ihrer Hand an meinem Bein herunter. „Bist du müde?", fragt sie.

„An der Grenze."

Ihre Hand gleitet unter den Bund meiner Shorts. „Du fühlst dich aber nicht müde an."

„Na ja, ich …"

„Wo ist dein Flachmann?"

„Mein Flachmann?"

„Ist Whisky drin?"

„Ist jemals keiner drin?"

„Wo ist er?"

„Vielleicht in meiner Hose."

Sie steht auf und durchsucht eine von meinen dreien. Bingo. Zurück auf dem Bett kniet sie sich hin und nimmt einen großen Schluck.

„Möchtest du?", fragt sie.

Ich nicke.

Sie lächelt und beginnt, ihn über ihren Körper zu gießen.

„Das ist J&B", sage ich.
„Der ist gut."
„Der ist teuer."
Sie leert den Flachmann.
„In meinem Beutel ist noch eine Reserve-Flasche."
Vor Whisky triefend geht sie zum Schrank und sucht die Halbliter-Flasche. Während sie zurückkommt, gießt sie etwas davon über sich, steigt dann auf die Matratze und bleibt über mir stehen. Sie schüttet etwas in ihren Mund, lässt aber einen kleinen Bach von ihrem Kinn heruntertröpfeln, über ihre Brust auf ihren Bauch, wo der Bach sich in kleinere Rinnsale spaltet – von denen einige wie kleine Wasserfälle von den Körperspalten tropfen und andere zu ihren Füßen in meinem Mund landen.

Gegen den Strom lecke ich mich vorwärts bis zur Quelle.

★

Eine Stunde später stinkt das ganze Zimmer immer noch bis zum Himmel. Ich krame meine Camels und eine Schachtel Streichhölzer hervor.
„Ich hoffe, das verursacht keine Explosion", sage ich, als ich das Streichholz entfache.
„Wäre doch nicht so schlimm", sagt Becky.
„Was wäre nicht so schlimm?"
„Jetzt in die Luft zu fliegen."
Pause.
„Was meinst du damit?", frage ich.
„Es wäre jetzt gar keine so schlechte Zeit zum Sterben."
Ich bin mir ziemlich sicher, dass sie das nicht wörtlich meint, weiß aber auch nicht, was sie eigentlich sagen will.
„Es würde mir den Stress ersparen, nach einer neuen Wohnung suchen zu müssen," fügt sie hinzu.
Ich küsse sie, gehe dann zum Fenster. Sie kommt mir nach.

„Ich frage mich, wo der Betrunkene mit dem Kreuz ist", sage ich. „Manchmal vermisse ich ihn richtig."

„Es ist ziemlich kalt draußen."

Ich entdecke den Einbeinigen und den Penner zusammen auf einer Bank. Sie teilen sich eine Flasche und unterhalten sich.

Ich erzähle Becky ihre Geschichte – so viel ich davon weiß, neben einigen Mutmaßungen. Becky sagt, sie bekommt davon Gänsehaut. Ich sage ihr, dass ich sie komisch finde.

„Ich liebe dich", sagt sie.

Ich weiß nie, wie ich darauf antworten soll.

„Ich muss wohl einen guten Grund dafür haben", sagt sie. „Ich hab keine Ahnung, welcher beschissene Grund das sein könnte, aber ich muss wohl einen haben."

*

Im Gegensatz zu Becky kann ich nicht einschlafen.

Ich gehe nackt in die Küche und fülle ein Glas mit Leitungswasser.

Der Fernseher ist an, aber auf den Schnee zwischen den Kanälen geschaltet. Ich schaue auf Y.J. und Blackie im Glotzengeflimmer – beide schauen zurück.

„Hast du es ihr gesagt?", fragt Y.J.

„Bin sofort zurück", sage ich.

Ich gehe ins Schlafzimmer und hole meine Camels und meine Unterhose. Becky sieht wie immer im Schlaf wie ein Engel aus. Ich küsse sie sanft und verlasse das Zimmer.

Ich setze mich auf den Futon zwischen Y.J. und Blackie. „Ich weiß nicht, ob Selbstmord wirklich so eine überragende Idee ist", sage ich, lehne mich zurück und zünde mir eine Zigarette an.

„Natürlich ist es eine überragende Idee", sagt Y.J. „Aber ihn zu begehen vielleicht nicht."

„Das meine ich."

„Du springst ab?"

„Na ja, nicht ganz."

„Dann hab ich wohl verloren", sagt Y.J. „Wie möchtest du es tun? Da wir es ja zusammen tun, meine ich, auch etwas zu sagen zu haben. Ich habe gehört, dass man vom Hängen eine wunderbare Erektion bekommt, obwohl es nach unten ..."

„... Mach mal langsam", sage ich.

„Ich möchte nicht, dass du noch lebst, wenn ..."

„Halt einfach die Luft an."

„Okay."

Pause.

„Als wir in Beckys Umkleide waren", sage ich schließlich, „nach dem Stück, da dachte ich ..."

„Das hab ich gemerkt."

„Hast du das?"

„Du hast geguckt wie ein Volltrottel."

„Habe ich das?"

„Du hast so fertig ausgesehen, dass die Leute wahrscheinlich geglaubt haben, du wärst ein Schauspieler."

„Na prima."

„Was hast du also gedacht?"

„An Becky."

„Ach?"

„Wie ich sie kennen gelernt habe und so. Wie es angefangen hat."

„Aha?"

„Ich war alleine in einem Vorführraum", sage ich, „und schaute mir einen Film an, für den ich einen Slogan schreiben musste. Der Film war von Big Gun natürlich total verhunzt worden, doch mir fiel dabei diese eine Schauspielerin auf, die sich dem Ganzen entziehen konnte, und das war Becky. Ich sehe immer noch Bilder von ihr aus diesem Film vor mir. Sie hat eine kleine Rolle gespielt, eine Debütantin, die am Ende irgendwie in einer Peepshow tanzte. Absurd, aber sie hat es irgendwie rübergebracht. Es war einfach ... ich weiß nicht, irgendetwas an ihr.

Ich habe ihre Telefonnummer in der Besetzungsliste gefunden und sie mit dem Vorwand angerufen, einige Werbedaten zu benötigen. Ich habe sie gebeten, sich mit mir zum Mittagessen zu treffen. Später hat sie mir erzählt, dass ich ihr nicht ganz geheuer gewesen bin, und sie nicht wusste, warum sie überhaupt zugesagt hat.

Na ja, ich habe jedenfalls noch nicht einmal versucht, cool zu wirken, als wir uns trafen. Ich fand, sie war die interessanteste und bezauberndste Person, die mir jemals über den Weg gelaufen ist. In unserer ersten Nacht zitierte sie Anaïs Nin, etwas wie ‚Man kann sie sich nicht als etwas Ganzes denken. Sie ist aus Bruchstücken zusammengesetzt. Nur Leidenschaft gibt ihr einen Moment des Ganzseins.' Ich erinnere mich nicht mehr an den genauen Zusammenhang, aber es hat damals gepasst, war überhaupt nicht aufgesetzt oder so, und ich sagte, dass ich fände, alle Schauspielerinnen sollten sich das auf die Stirn stempeln."

Y.J. nickt.

„Du weißt, was ich immer von Beziehungen gehalten habe", fahre ich fort. „Sie sind in Ordnung für Masochisten. Mit Becky war es aber nicht so, jedenfalls nicht auf eine schlechte Art. Wir verbrachten manchmal eine Nacht getrennt", sage ich lachend, „nur weil wir wussten, dass dadurch die nächste Nacht noch viel besser werden würde.

Als wir merkten, dass wir nicht die Lust aneinander verloren, ist sie eingezogen. Ich traf diese folgenschwere Entscheidung an einem verkaterten Neujahrstag."

Ich halte inne, als wäre ich fertig, Y.J. aber wartet auf mehr.

„Okay", fahre ich fort, und asche in einen Aschenbecher aus dem Sidewalk Café. „Der Film kam raus und wir haben ihn uns zusammen angeschaut, und ich sah das große strahlende Bild von Becky B., aber das schien jemand anderes zu sein als die Becky neben mir. Eigenartig. Und die noch

eigenartigere Sache war, dass mir, glaube ich, das Bild besser gefiel."
Pause.
„Krank", sage ich, „oder?"
Y.J. nickt.
„Die Pest", sage ich.
„Oder so etwas Ähnliches."
„Und das ist nicht nur bei Becky so", sage ich. „Das mache ich mit allen Leuten. Ich sehe ein Mädchen in irgendeiner pittoresken Situation und denke mir ‚Jesses, das wäre eine super Reklame für Pepsi Light‘, oder so."
„Also das ist wirklich krank."
„Ich weiß."
„Wenigstens ist dir das Problem bewusst."
„Welches Problem?"
Y.J. lacht.
Ich schaue in den Barschrank. „Kein Whisky mehr da", sage ich. „Und ich bin schmerzlich nüchtern."
„Du kommst hier nicht raus", sagt Y.J.
„Ist das ein Songtext? Ich glaube, ja."
Er lacht. Ich auch, weil es spät ist, und ich weiß, was ich von ihm zu erwarten habe.
„Es ist eklig und wird noch ekliger", sagt Y.J. „Es ist kalt und wird noch kälter und es gibt keine Hoffnung und keine Zuversicht, also musst du Hoffnung und Zuversicht haben, oder du bist tot, du musst jemanden finden, mit dem du dich vereinigen kannst, oder du löst dich auf, wie die böse Hexe aus dem Zauberer von Oz." Er macht eine Pause. „Habe ich mich verständlich gemacht?"
„Was?"
„Wir sitzen alle im selben Boot", sagt Y.J.
„Und es sinkt." Ich setze mich wieder hin.
Er lächelt. „Du bist nicht zu einem Leben als Filmstar berufen."
„Natürlich bin ich das", sage ich und blase Rauch senkrecht nach oben.

„Das bekommen wir jeden Tag gesagt", sagt er. „Das wir scheißberufen sind."

„Ich weiß", sage ich. „Ich habe daran mitgearbeitet. Aber wir alle wissen, dass es Schwachsinn ist."

„Tun wir das?"

Pause.

„Dir stehen dieselben Auswege offen wie uns allen" sagt Y.J. „Chemische Anästhesie, Selbstzerstörung, selbsterteilte Debilität, kleine Ablenkungen, sado-masochistische Beziehungen und die Konsumhölle."

„Ich habe alles ausprobiert."

„Leider gibt es nicht viel mehr Optionen."

„Du versuchst es mir einzureden."

„Ich gehe mit dir", sagt Y.J. „Ich halte immer Wort. Ich möchte nur, dass du dich entscheidest."

„Jetzt verstehe ich. Du möchtest dich umbringen, willst es aber nicht alleine tun, also kommst du zu mir, in der Hoffnung, mit mir ein Joint Venture durchziehen zu können."

„Genau."

„Ja."

„Du bist noch verdrehter als ich. Weiß du das?"

„Danke."

„Bitte."

Ich deute diese Stichelei als gesundes Zeichen.

„Wir leben in einer seltsamen und egoistischen Zeit", sagt Y.J.

Ich drücke meine Zigarette in seinem leeren Weinglas aus.

„Streb mal nicht nach Heiligkeit", sagt er.

„Warum nicht?"

„Der Heilige ist ein Teilzeit-Hochstapler. Du bist zu sehr mit der Wahrheit beschäftigt."

„Bin ich das?"

„Warst du schon immer. Vergiss den Katholizismus und versuch, ein anständiger Mensch zu werden. Das ist heutzutage schon schwer genug."

„Ich scheine damit meine Schwierigkeiten zu haben."

„Ich sehe mindestens ein mögliche Erlösung für dich, die sogar in Reichweite liegt."

„Ich weiß nicht, ob ich das wirklich hören möchte."

„Es ist nur eine Möglichkeit."

„Okay", sage ich. „Was?"

„Hinter der Tür", Y. J. zeigt in Beckys Richtung. „Sei keiner, der aus seinem eigenen Leben ausgewandert ist", fügt er hinzu.

„Okay", sage ich. „Was soll das jetzt wieder heißen?"

„Woher zum Teufel soll ich das wissen?"

Wir schütteln beide den Kopf und lachen.

„Es gibt nichts zu befürchten", sagt Y.J., „außer Schmerz und Pein und Verlust und Leiden und Qual am Kreuz des Lebens."

„Nichts zu befürchten."

Unser Lachen erstirbt. Ich klopfe eine Zigarette aus meiner Packung und sehe wieder dieses Wort: CHOICE. „Weißt du noch, wie wir im Wald Rauchen waren?", sage ich und zünde mir eine an.

„Natürlich."

„Und wie wir den scheußlichen Wein getrunken haben?"

„Mogen-David 20-20."

„Mad Dog."

Wir krümmen uns bei der Erinnerung daran.

„Erinnerst du dich noch an unsere Gespräche?", frage ich.

„Und du?"

„Ich ja. Und obwohl ich dich manchmal monatelang nicht sehe, bist du für mich immer noch ein … Ich weiß nicht."

„Ein Freund?"

„Na ja, schon."

„Gut."

„Deine Postkarten amüsieren mich immer."

„Gut."

„Sie sind hier irgendwo", sage ich. „Möchtest du sie sehen?"

„Nein."

Pause.

„Ich liebe dich", sagt Y.J. „Du bist der beste Freund, den ich jemals hatte. Der einzige, um genau zu sein."

Das L-Wort zweimal in einer Nacht zu hören, bringt mich ein wenig aus der Fassung, also konzentriere ich mich auf meine Zigarette.

„Du musst mit ihr reden", sagt er.

Ich nicke, drücke die Zigarette aus und stehe auf. „Gute Nacht", sage ich.

„Gute Nacht."

Er gibt Blackie einen Knuff. Sie bellt.

Ich gehe zur Schlafzimmertür und bleibe noch einmal stehen, um mich umzudrehen.

„Möglichkeiten", sagt Y.J.

Ich nicke und öffne die Tür.

*

Sie liegt auf die Seite gedreht im Mondlicht. Die weiße Flanellbettdecke reicht gerade bis zum unteren Rand ihres Brustkorbs, ihre perfekten Brüste deuten Richtung Fenster. Ich sehe ihrem Atem zu und sage mir, dass hinter diesem Gemälde eine Person mit den üblichen menschlichen Konstruktionsfehlern steckt.

Ich sage mir auch, dass ich mir etwas so unglaublich Offensichtliches eigentlich nicht erst zu sagen bräuchte, erinnere mich dann aber an eines von Ralph Waldo Emersons Essays, das ich einmal gelesen habe. Darin sagt er, dass man sich gerade einfache Wahrheiten immer und immer wieder vergegenwärtigen muss. Auch wenn Ralph noch viel bedeutendere Gedanken im Kopf hatte, so löst es in mir das Verlangen aus, Becky zu wecken und ihr alles zu erzählen, doch sie sieht im Schlaf so gut aus, dass ich es nicht über mich bringe.

Also lege ich mich einfach zu ihr, lege meinen Arm um ihre Hüfte und küsse ihren Rücken zwischen den Schulterblättern.

Ihr Körper ist warm.

III. Akt

„Wach auf." Y.J. rüttelt mich, und obwohl ich hinter ihm im Fenster Sonnenlicht sehe, bin ich mir sicher, dass es noch lange nicht Zeit ist, das Bett zu verlassen.

„Steh auf."

Warum kann ich nicht einmal ausschlafen?

„Du musst aufstehen."

„Nein, ich bin krank."

„Jetzt komm schon, Blackie ist verschwunden."

„Was?"

„Blackie ist verschwunden", sagt er lauter. „Wir müssen sie suchen."

„Wo sollen wir sie denn suchen?"

„Zieh dich an", sagt er. „Wir müssen sie suchen."

„Wen?"

„Blackie."

„Was ist passiert?"

„Ich war mit ihr spazieren und da haben wir uns verloren", sagt er. „Ich habe gewartet und gerufen, aber sie ist nicht zurückgekommen."

„Der Kojote kehrt zurück in die Wildnis."

„Komm, zieh dich an."

Ich stelle meine Augen scharf. Becky scheint trotz unseres in voller Lautstärke geführten Dialogs weiterzuschlafen, vielleicht tut sie aber auch nur so in der Hoffnung, dass wir verschwinden, ohne sie weiter zu belästigen.

Ich stehe auf und ziehe mir die Hose an.

„Mein Gott, hier stinkt's", sagt Y.J. „Alk?"

„J&B", sage ich. „,It whispers'."

„Ihr habt ein Alkoholproblem."

„Wir haben ihn nicht getrunken."

„Dann habt ihr irgendein anderes Problem."

„Keinen Streit hier." Ich ziehe meine Hose wieder aus.

„Was tust du?"

„Ich sollte vielleicht duschen."

„Na gut", sagt er, „ich warte draußen."

„Ich bin in fünf Minuten unten."

„Bring Becky mit."

„Dann gib mir besser zwanzig."

„Beeil dich."

Y.J. geht raus, und ich küsse Becky auf die Lippen.

„Mmmmhhh", sagt sie.

„Blackie ist weg", sage ich.

„Was?"

„Y.J. hat den Kojoten verloren", sage ich. „Wir müssen ihm helfen, sie zu suchen."

„Er hat sie verloren?"

„Genau."

„Ich hoffe, mit ihr ist alles in Ordnung."

„Wahrscheinlich spielt sie nur mit einem der Köter aus der Nachbarschaft."

„Hier riecht's nach Whisky", sagt Becky.
„Na klar tut es das."
Sie lächelt.
„Y.J. wartet", sage ich. „Ich dusche noch schnell."
„Ich dusche mit dir, dann sparen wir Zeit", sagt Becky.
Ich bin mir nicht sicher, ob das wirklich Zeit spart, wir tun es dennoch und verkneifen uns den Sex – ein kleines Wunder. Mir fällt auf, dass Montagmorgen ist und der übliche Horror fehlt.

*

Wir gehen mit Y.J. die Promenade entlang und rufen dabei Blackies Namen. Jeden, der uns entgegenkommt, fragen wir, ob er sie gesehen hat, besonders die Händler und andere Ortsansässige. Ohne Erfolg. Nach etwa einer Stunde bleiben wir stehen, um nachzudenken.
„Wohin würdet ihr gehen, wenn ihr Kojoten wärt?", fragt Becky.
„Sie mag Spielplätze", sagt Y.J.
„An der Lincoln gibt es einen", sage ich.

*

Eine Gruppe kleiner Jungs, schwarz und weiß, spielt zwei gegen zwei Basketball, während ihre Freundinnen am Rand stehen und zuschauen, doch nirgends sind irgendwelche Hunde in Sicht. Ich starte den Motor und will wegfahren.
„Warte mal", sagt Y.J. „Lass mich die Jungs da mal fragen." Er springt aus dem Cabrio und läuft hinüber.
Becky und ich bleiben im Wagen.
„Hast du jemals Sport getrieben?", frage ich.
„Sport?"
„Frauen-Basketball oder so was?"

„Hätte ich Basketball gespielt, dann wäre es mit größter Wahrscheinlichkeit Frauen-Basketball gewesen."

„Guck mich nicht so an, als wäre das eine so komische Frage gewesen."

„Wo ich aufgewachsen bin, haben die Mädchen einen anderen Sport ausgeübt", sagt sie.

„Jungs?"

Sie nickt.

„Ich habe nie irgendwelche Mannschaftssportarten getrieben", sage ich. „Skifahren, Tennis und sogar Golf, aber für das Team-Ding konnte ich mich nie begeistern. Vielleicht hätte ich das tun sollen."

Becky lächelt. „Mir fällt aber eine Mannschaftssportart ein, in der du manchmal richtig glänzt."

Bevor ich mich dazu äußern kann, setzt die Coverversion des Elvis-Klassikers „Suspicious Minds" von den Fine Young Cannibals im Radio ein, und Becky dreht die Lautstärke hoch und singt mit: *„We're caught in a trap ..."*

Während ich Y.J. beim Gespräch mit den Jungs auf dem Basketball-Feld zusehe, verspüre ich ein starkes Verlangen nach der Reinheit eines Korb-Königs. Ich will das Leben eines Magic Johnson oder eines Larry Bird. Wäre es nicht hervorragend, in einem Spiel mit klaren Regeln mitzuspielen, mit einer Punktetafel und Männerkumpanei unter der Dusche, und einer Freundin, die einen zu Hause mit Alkohol einreibt?

Ich frage mich, ob Larry Bird wohl nach einem Vierzig-Punkte-Spiel unter Schlaflosigkeit leidet, weil er über das Leiden und die Traurigkeit und den Irrsinn des menschlichen Daseins nachgrübelt. Ich wage das zu bezweifeln.

Ich stelle mir die Euphorie nach einem spielentscheidenden Drei-Punkte-Wurf vor.

Scheiß auf Kokain.

Ich befürchte allerdings, ein Büro-arbeitender, Kette rauchender, Drogen konsumierender Sporttrinker wie ich kann allein durch Liebe in die Nähe von Reinheit oder Perfektion gelangen.

Ich denke gerade über die Gemeinsamkeiten von Meisterschaftsringen, Eheringen und Halsbandringen nach, als Y.J. zurückkehrt.

„Und, was haben sie gesagt?", fragt Becky.

„Einer von ihnen meinte, er hätte sie vielleicht vorhin hier gesehen", sagt Y.J.

„Was jetzt?", frage ich.

„Wir suchen weiter."

Mir wird klar, dass ich mich eines Tages noch eingehender mit diesem Drei-Ringe-Konzept werde herumschlagen müssen, nur nicht heute.

*

Wir fahren ziellos umher, als Y.J. in einer Seitenstraße einige Hunde entdeckt. „Bieg links ab", schreit er. Ich biege ab, bevor mir bewusst wird, dass wir in ein Gebiet fahren, dass als Bandenviertel berüchtigt ist und normalerweise von unbewaffneten Bürgern gemieden wird.

Auf halbem Weg den Block hinunter nähern wir uns sechs oder sieben Latinos in verdächtig uniformer Kleidung, Khakis und T-Shirts. Sie sitzen auf einem alten Chevy, der auf einem braunen Rasenstück steht, rauchen und trinken Budweiser aus Flaschen.

Ich kann entweder rückwärts abhauen und mich damit nicht nur verdächtig, sondern auch lächerlich machen, oder einfach weiterfahren und hoffen, dass unsere Ahnungslosigkeit uns rettet. Ich entscheide mich für Letzteres und bete, dass sie uns nicht mit jener hassenswerten Medienschöpfung – den Yuppies – verwechseln.

„Fahr langsamer", sagt Y.J.

„Was?", frage ich und fahre, mich taub stellend, weiter.

„Hier!", schreit Y.J. „Stopp!"

Ich bin sicher, dass jetzt die gesamte Nachbarschaft auf uns aufmerksam geworden ist, also gebe ich auf und halte an.

„Hey", spricht Y.J. die Gang an, „Hat einer von euch einen weißen Kojoten hier rumrennen sehen?"

Es scheint keiner nach seiner Pistole zu greifen. Sie schauen sich an und schütteln die Köpfe.

„Nein, Mann", sagt einer, „aber in den letzten Tagen ist hier auch der Hundefänger rumgeschlichen."

„Frag doch mal beim Zwinger nach", sagt ein anderer.

„Die haben frei rumlaufende Hunde einkassiert, Mann."

„Danke", sagt Y.J.

„Viel Glück."

Ich fahre davon, schnell, aber nicht zu schnell.

„Tierliebhaber wie wir", sagt Y.J.

✱

Das Geheul, Gebell und Gewinsel bringt Becky aus der Fassung, und so bin ich froh, als Y.J. wieder aus dem Tierheim herauskommt und in den Wagen springt.

„Die Transporter werden hier jeden Moment mit neuen Insassen ankommen", sagt er. „Lasst uns schauen, ob sie vielleicht zu eurem Haus zurückgekommen ist."

„Ich glaube nicht, dass es schlimm wäre, wenn sie sie eingefangen haben", sagt Becky.

„Doch", sagt Y.J. „Denn dann lassen sie sie vielleicht nicht mehr laufen."

„Natürlich lassen sie sie wieder laufen", sage ich. „Du musst nur ein Bußgeld zahlen. Ich muss nur ein Bußgeld zahlen."

„Blackie ist vorbestraft", sagt Y.J.

„Was?"

„Sie steht im Vorstrafenregister. Sie sollte eingeschläfert werden."

„Weswegen?", fragt Becky.

„Als ich zum ersten Mal hierher kam, bin ich mit Blackie zum Meer spaziert, und wir sind an diesem Strandclub vorbeigekommen, und Blackie hat aus etwa fünfzig Metern Entfernung den Grill gewittert, und, na ja, sie wird wohl hungrig gewesen sein, sie ist also reingerannt und hat sich ein Steak geschnappt. Das Verrückte daran ist, dass sie Vegetarierin ist."

„Sie wird doch nicht gleich dafür vergast, dass sie sich ein Steak geschnappt hat", sage ich.

„Der Typ am Grill hat einen hysterischen Anfall bekommen und sie mit einem heißen Schürhaken angegriffen, den er für die Kohle benutzt hat. Natürlich hat sie sich verteidigt. Dann haben sich all diese Männer in Lacoste-Hemden eingemischt."

„Sie haben sich gegen den süßen kleinen Kojoten verbündet?", fragt Becky, und ich überlege, wann ihr das Vieh wohl so sehr ans Herz gewachsen ist.

„Blackie hat noch ein paar mehr gebissen", sagt Y.J. „Als ich ankam, hatten ihr schon ein paar Sicherheitsleute einen Strick um den Hals geworfen. Die Leute vom Strandclub wollten sie zur Gefahr für die Öffentlichkeit erklären lassen."

„Zur Gefahr für die Öffentlichkeit?"

„Irgend so was. Als die Leute von der Tierbehörde ankamen, musste ich sie jedenfalls beknien und anbetteln, sie nicht mitzunehmen. Ich habe alle möglichen und unmöglichen Versprechen abgegeben – etwa, dass ich sie an einer Leine führen würde."

„Hast du überhaupt eine Leine?", frage ich.

„Nein", sagt Y.J. „Ich habe es zwar mit Blackie besprochen, aber sie meinte, dass sie es lieber darauf ankommen lassen möchte."

„Du glaubst doch nicht wirklich, dass sie sie einschläfern werden, wenn sie sie einfangen?", fragt Becky.

„Vielleicht schon. Wenn es derselbe Verein ist."

Wir suchen die Straßen bis zu unserem Wohnhaus ab, wo wir draußen stehen bleiben, während Y.J. nach ihr ruft. Keine Spur.

Als Y.J.s Stimme heiser wird, kehren wir zum Tierheim zurück und warten auf dem Parkplatz. Einer der weißen Streifenwagen fährt vor dem Gebäude vor, dicht gefolgt von einem weiteren. Das Geheul der Tiere nimmt beim Eintreffen der Neuen zu.

„Ich bin mir sicher, dass sie sie gehen lassen werden", sagt Becky.

Y.J. wirkt besorgt.

„Wir werden sie einfach davon überzeugen", fährt Becky fort.

„Wir sind doch mehr oder weniger ehrenwerte Menschen", sage ich, „vielleicht werden wir erhört."

„Nein, ihr bleibt hier", sagt Y.J. beim Aussteigen. „Ich regle das."

Ich schalte das Radio an, und auf KROQ laufen die Bangles. „Manic Monday" scheint in letzter Zeit jeden Montag zu laufen.

„Was soll ich machen", frage ich, „Was für einen Job?"

„Dir wird schon was einfallen", sagt Becky.

„Was denn, zum Beispiel?"

„Weiß nicht. Überrasch mich."

Becky dreht das Radio lauter. Nach Liedern von Echo and the Bunnymen und A Flock of Seagulls kommt Y.J. mit einem breiten Lächeln zum Auto zurück. „Sie haben sie", verkündet er.

„Und?", frage ich.

„Sie ist im Todesflur."

„Todesflur?"

Y.J. nickt, immer noch lächelnd.

„Warum lachst du?"

„Ich weiß, was man da machen kann."

„Was?"

„Ich habe mir den Laden genau angeschaut", sagt Y.J. „Heute Nacht holen wir sie raus."

„Du schlägst vor, ins Tierheim einzubrechen?"

„Seid ihr dabei?"

„Y.J.?"

„Ihr müsst mir nicht helfen."

„Wir helfen dir gerne", sagt Becky.

„Gut", sagt Y.J. „Ich bleibe hier und schaue mir den Ort noch etwas genauer an. Du kannst ja in der Zeit zu Big Gun gehen, und dich von dort verabschieden."

„Jetzt?", frage ich.

„Jetzt ist genauso gut wie jeder andere Zeitpunkt."

„Jetzt ist normalerweise ein guter Zeitpunkt für alles Mögliche, wie dafür, sich zu betrinken, Sex zu haben und so weiter, aber …"

„… Wir treffen uns in ein paar Stunden in der Wohnung", sagt Y.J. und geht weg.

Ich drehe mich zu Becky. „Möchtest du das wirklich tun?"

„Wir müssen."

„Y.J. könnte es auch alleine schaffen", mache ich ihr bewusst. „Er ist hochbegabt."

Becky starrt mich bloß an und jagt mir ein enormes Schuldgefühl ein.

„Nächster Halt", sage ich, „Big Gun."

„Wann hast du Y.J. gesagt, dass du kündigst?"

„Das habe ich nicht."

*

Wir fahren mit dem Aufzug nach oben, und ich werde, wie immer in dieser Rappelkiste, etwas nervös.

„Das ist wirklich interessant", sagt Becky.

„Was?"

„Du hattest hier dieses eigene Leben, von dem ich kaum etwas wusste."

„Ich würde es nicht gerade als eigenes Leben bezeichnen."

„Du bist fünf Tage die Woche hierher gekommen."

„Im Schnitt eher an dreieinhalb."

Wir treten aus dem Aufzug und ich führe sie den verlassenen Korridor entlang. Die Zahl der Krankmeldungen ist bei Big Gun generell hoch, besonders montags. Wendy und Susie und die meisten anderen aus der Grafikabteilung schlafen wahrscheinlich immer noch ihren Wochenendrausch aus.

„Unglaublich scheußlicher Teppich", stellt Becky fest.

Wir kommen zu Angie, der Rezeptionistin. „Hallo, Süßer", sagt sie. „Mal wieder ein wildes Wochenende gehabt?"

„Angie", sage ich, „das ist Becky."

„Hi", sagt Angie freundlich.

„Hallo."

„Soll ich Peg Bescheid sagen, dass du da bist?", fragt Angie.

„Nein", sage ich. „Ich bin in ein paar Minuten wieder weg."

Angie lächelt. „Na gut, Süßer."

Becky folgt mir zu meinem Büro. Ich schließe und verriegele die Tür hinter uns.

„Wirklich interessant", sagt Becky.

Sie sieht sich um, doch es gibt nicht viel zu sehen. Keine Fotos, nichts an den Wänden, nur mein Schreibtisch, meine Schreibmaschine, mein Telefon und die überall herumhängenden gelben Notizzettel.

„Sieht nicht so aus, als würde hier wirklich jemand arbeiten", sagt sie.

„Tut ja auch niemand."

Becky geht durch den Raum ans Fenster, wo sie die Aussicht auf den Smog bewundert.

Ich durchwühle meine Schubladen. Zerbrochene Bleistifte, Tipp-Ex, Lippenbalsam, Notizzettel, Artikel, die ich ausgeschnitten habe, verwesende Müsliriegel, Aspirin, Tylenol, Nuprin, Valium. Juicy-Fruit-Kaugummi, Werbebuttons für Filme, Akten mit meinen schlimmsten Arbeiten, Telefonnummern neben Namen, an die ich mich nicht erinnere. Ich nehme Y.J.s Postkarte mit den „komplizierten Ritualen" und beschließe, alles andere dazulassen.

„Als mir dieses Büro zugewiesen wurde", sage ich, „kam ich mir ziemlich erwachsen vor."

Sie lacht.

„Im Ernst. Ich dachte, in so einem Büro zu sitzen, macht einen zum Erwachsenen."

„Du bist nicht auf den Gedanken gekommen, dass es dich genauso gut zum Schleimbeutel machen kann?"

„Ward war kein Schleimbeutel."

„Wer?"

„Ward Cleaver. Der Vater von Beav."

Becky nickt. „Was wirst du jetzt anfangen?"

Es klopft an der Tür. Mein erster Gedanke ist, mich zu verstecken, nur gibt es hier kein Versteck.

„Ja?", rufe ich nach draußen.

„Zeke?" Es ist Peg.

„Vielleicht", antworte ich.

Becky schaut mich an, offensichtlich verblüfft, weil ich ‚vielleicht' gesagt habe. Ich reiße mich zusammen, schließe die Tür auf und öffne sie.

Peg tritt herein. „Geht es dir gut?", fragt sie und erblickt dann Becky.

„Peg", sage ich, „das ist Becky."

Sie begrüßen sich.

„Peg ist hier die Verantwortliche für die Öffentlichkeitsarbeit und die Werbung", informiere ich Becky.

„Aha", sagt Becky.

Peg sieht aus, als bräuchte sie dringend eine Lithium-Tablette.

„Kommst du bitte mal in mein Büro", sagt Peg. „Ich möchte mit dir über deinen T-Team-Werbetext sprechen."

„Nein."

„Wie bitte?"

„Nein", wiederhole ich, „ich will gerade gehen."

„Du bist doch gerade erst gekommen."

„Ich bin nur gekommen, um mein Zeug abzuholen", sage ich. „Dann ist mir aber aufgefallen, dass hier nichts ist, was ich haben will."

Pause.

„Ich kündige", sage ich, weil sie verständlicherweise verdutzt aussieht.

„Was?", sagt Peg. „Machst du Scherze?"

„Nein."

„War nett, dich kennen gelernt zu haben", sagt Becky.

Wir gehen raus und lassen Peg stehen, die sich wahrscheinlich immer noch fragt, ob ich einen Scherz mit ihr treibe.

∗

Gerade als wir den Aufzug verlassen und die Tiefgarage betreten, stolpern Wendy und Susie von Susies Roller. Sie sehen uns nicht, da ich Becky in die entgegengesetzte Richtung wegführe. Über einen Umweg nähern wir uns meinem Rambler, der praktischerweise auf einem für die Eigentümer von Big Gun reservierten Parkplatz steht.

Als ich meinen Wagen starte, kommt von der Seite eine rote Mercedes-Limousine herangefahren. Auf dem Fahrersitz ist der fetteste der drei Eigentümer, neben ihm ein Filmstar. Der Star hatte seinen Durchbruch mit einem kleinen Film, von dem es hieß, er habe Seele, was er auch wirklich hatte. Nichtsdestotrotz hat der Film Millionen eingespielt. Mittlerweile verdient der Star noch viele Millionen mehr, indem er mittelmäßig budgetierte Exploitation-Streifen über die Freuden der Gewalt schreibt, in ihnen die Regie führt und auch als Schauspieler mitwirkt. Ein Autorenfilmer. Big Gun, sonst nicht in der Lage, Tarifgehälter zu zahlen, hat gerade einen Sechs-Millionen-Dollar-Vertrag mit dem Star abgeschlossen.

„Bela Lugosi's dead!", schreie ich, während ich davonfahre.

∗

Wir fahren die Pacific Avenue entlang Richtung Venice Beach, als Becky verkündet: „Ich habe Hunger. Lass uns was zu Mittag essen."

„Wir sind fast zu Hause."

„Ich habe gehört, es gibt in der Marina einen guten, kleinen neuen Mexikaner", schlägt Becky vor.

„Wer soll das zahlen?", frage ich.

„Visa?"

Ich schüttele den Kopf.

„American Express?"

Ich schüttele den Kopf. „Wir müssen damit aufhören, Geld auszugeben, das wir nicht haben" – obwohl ich es hasse, mich das sagen zu hören.

„Warum?", sagt Becky. „Es hat so viel Spaß gemacht."

Das ist wahr, aber …

„Okay", sagt sie. „Dann versuchen wir es halt mit einem Supermarkt."

*

In der Kassenschlange nehme ich mir ein Time Magazine. „Ich finde die Time faszinierend", gestehe ich laut.

Becky nimmt sich eine People.

Ich überfliege einen Artikel darüber, dass das fünfzehnjährige ‚Ich-Jahrzehnt' jetzt endlich zu Ende geht, und frage mich, wie ein Jahrzehnt fünfzehn Jahre lang sein kann. Der Verfasser glaubt, dass Amerika kurz vor einem Neuanfang steht. Das klingt gut, nur würde man bei der Lektüre von Beckys People, das Time gehört, nicht gerade darauf kommen. „Ich verstehe nicht, wie diese beschissene Schauspielerin so viel Geld verdienen kann", kommentiert sie. „Ich sollte mir wahrscheinlich einfach nichts daraus machen, aber verrückt ist es trotzdem …"

*

Wir holen Y.J. ab, fahren zum Meer und trinken an der Wasserlinie hockend Wein, während wir Blackies Befreiung planen. Die Nachmittagsbrise ist kühl und vollkommen, und der Wein schmeckt hervorragend. Y.J.

zeichnet Skizzen für unseren Angriff in den Sand und verwischt dann die Beweise.

*

Zurück in der Wohnung nimmt Y.J. das Telefon mit ins Schlafzimmer, während Becky und ich uns auf Video „Bonnie und Clyde" ansehen, als scherzhafte Vorbereitung auf unseren Coup am Abend.

Y.J. stößt zu uns, gerade als Warren Beatty dem Mann mit der Brille ins Auge schießt und wir beschließen, eine Pizza zu bestellen.

Ich bin sowohl in den Film als auch in die Pizza vertieft, als es an der Tür fürchterlich laut klopft. Ich drücke den Pause-Knopf des Videorekorders, gehe zur Tür und öffne.

Wendy und Susie begrüßen mich. „Wir sind früh dran", sagt Wendy. „Oder?"

Ich weiß nicht, wovon sie spricht.

„Wir sind extra früher gekommen", sagt Susie, „um wieder gut zu machen, dass wir bei deiner letzten Party gefehlt haben."

„Hallo Mädels", sagt Y.J.

Wendy und Susie kommen herein, und Susie drückt mir einen Sechserpack Trident in die Hand, von dem die beiden Büchsen fehlen, die sie und Wendy bereits geöffnet haben.

Ich signalisiere Becky mit einem Schulterzucken, dass ich keine Ahnung habe, was hier vor sich geht, doch sie schaut so, als ob sie es wüsste.

„Wir hatten keine Ahnung, wie wir uns für die Party zum atomaren Armageddon anziehen sollten", sagt Susie.

„Also haben wir das Gleiche angezogen wie immer", sagt Wendy.

„Wir sind immer für Armageddon angezogen", sagt Susie.

Tatsächlich sind sie gekleidet wie immer, Wendy ganz in Schwarz und Susie mit ihren ganzen Symbole-Klunkern, doch ich bin immer noch nicht auf dem Laufenden.

„Ich wollte, dass es eine Überraschung wird", sagt Y.J.

„Gute Arbeit", sage ich.

„Ich hielt das für eine gute Idee", sagt Becky. „Weil du dich ja an deiner Geburtstagsparty nicht gut gefühlt hast. Sieh das hier einfach als zweite Chance."

„Wie findest du das Motto?", fragt mich Y.J.

„Armageddon?"

„Ich finde das ganz schön mutig, dass du gekündigt hast", sagt Wendy. „Oder verrückt."

„Ich würde das auch wahnsinnig gerne tun", sagt Susie.

„Keine Sorge", sagt Wendy zu Susie, „du wirst sowieso irgendwann entlassen."

„Genau", sagt Susie. „Jetzt, wo Zeke weg ist, wird es wahrscheinlich richtig beschissen." Sie wendet sich an Becky: „Wir lieben Zeke einfach."

Pause.

„Wendy, Susie", sage ich, „Ich glaube, ihr habt Becky noch gar nicht kennen gelernt."

Sie begrüßen sich.

„Wir haben gehört, dass du ganz toll sein sollst", sagt Wendy.

„Ich habe auch schon einige interessante Sachen über euch gehört", sagt Becky mit einem Lächeln.

„Die sind wahrscheinlich alle wahr", sagt Susie.

Sehr zu meinem Erstaunen und auch zu meiner Beruhigung folgt kein Katzengefauche – Becky scheint ihnen nichts übel zu nehmen, und Wendy und Susie scheinen sich nicht zu schämen.

„Ihr guckt ‚Bonnie und Clyde'", sagt Susie, auf den Bildschirm starrend, auf dem das Bild immer noch auf Pause steht.

„Ja."

„Supercool", sagt sie, „Lasst uns doch das Ende anschauen. Ich liebe das Ende."

Gerade als ich auf Start drücke, klopft es noch einmal an der Tür, und so drücke ich wieder auf Pause und öffne noch einmal.

„Hi, alter Junge", begrüßt mich Bob Simmons.

„Komm rein."

„So würde ich mich fürs atomare Armageddon anziehen", sagt Bob, in einen normalen blauen Anzug gekleidet.

Bobs Augen treten hervor, als er Wendy und Susie erblickt. Ich stelle sie einander vor, und wir setzen uns, um uns das orgasmusgleiche Blutbad anzuschauen, das Warren Beatty und Faye Dunaway veranstalten.

*

Um Mitternacht plappern und trinken ein paar Dutzend Leute zu dem Beat von Prince und seiner Band: *We're going to party like it's 1999 ..."*

Einige tragen Kostüme, ein Anzug aus Alufolie sticht am meisten hervor, aber die meisten Leute tragen ihre üblichen Klamotten, mit der einfachen Ausrede, dass sie davon ausgehen, genauso gekleidet zu sein, wenn der große Moment kommt.

Ich stehe alleine mit einem Whisky am Rand, froh darüber, dass außer Y.J. niemand von dem merkwürdigen Film weiß, den ich in den letzten Tagen durchlebt habe. Was würden sie wohl dazu sagen? Ich nehme an, sie könnten wahrscheinlich nur darüber lachen, da ja heutzutage alle darauf abgerichtet sind, sich einen Scheißdreck um irgendetwas zu scheren.

Ich frage mich, ob ich es vielleicht vermasselt habe.

„Was ist denn so komisch?", fragt mich Susie.

Sie und Wendy haben sich an mich herangeschlichen und starren mich nun beide an.

„Nichts", sage ich. „Ich habe nur nachgedacht."

„Du solltest damit aufpassen."

„Komm mit", sagt Wendy. Sie und Susie nehmen jede einen meiner Arme.

„Wohin soll ich mitkommen?", frage ich.

Sie ziehen mich in Richtung Badezimmer, und obwohl ich weder Drogen brauche noch welche will, gehe ich friedfertig mit ihnen.

„Sie ist wunderschön", sagt Susie, nachdem sie die Badezimmertür verschlossen hat. „Und nicht nur wunderschön als Schauspielerin, sondern auch als Mensch."

„Wir mögen sie trotzdem", fügt Wendy hinzu.

„Sie kommt mir vor wie, ich weiß auch nicht, wie jemand Anständiges", sagt Susie.

Wendy kramt ein Briefchen Koks aus ihrer Tasche.

„Kommt ihr euch nicht ein bisschen doof vor, so ins Bad zu gehen?", frage ich.

„Doch", kichert Susie.

„Nein", sagt Wendy, während sie mit großer Sorgfalt das Papier auseinander faltet.

„Ob wir uns in zehn Jahren wohl immer noch so aufführen werden?", frage ich. „Könnt ihr euch vorstellen, dass wir das noch in unseren Dreißigern tun werden?"

„Ja", sagt Wendy.

„Wie deprimierend", sagt Susie.

„Ins Bad schleichen und bedröhnt herauskommen", sage ich, „Schleimklumpen hustend."

„Die Schleimklumpen sind das Schlimmste", sagt Susie.

Wendy hält das Briefchen geöffnet, lächelt zufrieden über den Inhalt. „Die Schleimklumpen könnt ihr mit Whisky runterspülen", sagt sie, während sie ihren schwarz lackierten Fingernagel in das weiße Pulver dippt und ihn mir dann an die Nase hält.

„Weißt du", sage ich. „Eigentlich will ich gar keins."

„Nein?"

„Nein, danke."

„Wirklich nicht?"

„Wirklich nicht."

„Jetzt komm, Zeke", sagt Susie.

„Du weißt doch, dass du es willst", sagt Wendy und wackelt herausfordernd mit dem geladenen Fingernagel.

„Nein", sage ich. „Ich bin nur hier reingekommen, um ..." Ich weiß nicht, warum ich mit reingekommen bin.

„Um dieses Koks zu ziehen", sagt Susie. „Um den Schmerz abzutöten."

„Um den Schmerz abzutöten?", sage ich und lache.

„Sie hat Recht", sagt Wendy, die mich noch immer mit ihrem Angebot schikaniert. „Der Painkiller kommt."

„Nimm es", sagt Susie.

„Ach so", sage ich. „Gruppendruck."

Susie lacht. Wendy schikaniert mich weiter mit dem Fingernagel.

„Auch wenn sich das verrückt anhören mag", sage ich, „aber könnt ihr euch vorstellen, dass es vielleicht noch andere Möglichkeiten gibt, den Schmerz abzutöten, als uns zuzudröhnen?"

„Mir fällt nichts anderes ein", sagt Susie.

Wendy steckt den Fingernagel in ihre eigene Nase und schnupft. Das bringt sie zum Lächeln. Sie lädt nach.

„Was hält euch eigentlich vom Selbstmord ab?", frage ich plötzlich.

„Also, das ist echt eine komische Frage", sagt Wendy.

„Gar nicht so komisch", sagt Susie.

„Na ja, okay", stimmt Wendy zu.

Pause.

„Was hält mich vom Selbstmord ab?", wiederholt Wendy.

„Ja, und dich auch, Susie."

Wendy schaut zu Susie und lacht. „Wir haben keinen verdammten Schimmer", sagt sie.

„Ich weiß es", sagt Susie, den Arm hebend.

„Ja, und?"

Susie sieht plötzlich traurig aus. „Ach, egal", sagt sie. „Ich weiß es doch nicht."

„Was wolltest du sagen?", frage ich.

„Das würde sich dumm anhören", sagt sie. „Ich weiß nicht, was es ist, aber ich weiß, wenn ich es sagen würde, würde es sich dumm anhören." Sie kichert. „Vielleicht schreibe ich ein Gedicht darüber."

Wendy bietet ihr einen Fingernagel Koks an. Susie scheint es nicht zu bemerken.

„Vielleicht könnte ich Lehrerin werden", fährt Susie fort. „Oder bei einer Band einsteigen."

„Was?", sagen Wendy und ich gleichzeitig.

„Ich könnte aus der Branche aussteigen", sagt Susie.

Mir kommen das T-Team-Plakat und andere Aspekte von Susies Psyche in den Sinn.

„Hier", sagt Wendy und schiebt ihren Fingernagel praktisch in Susies Nase, „du brauchst das."

Susie schüttelt den Kopf. „Ich glaube, Zeke hat es mir gerade vermiest", sagt sie.

Wendy sieht aus, als bekäme sie gleich einen Schock. „Was ist mit euch beiden los?", fragt sie schließlich und zieht dann ihren Fingernagel zurück.

Aber Susie schnappt sich plötzlich Wendys Finger, senkt ihren Kopf und zieht das Koks in einem kräftigen Zug weg. „Tut mir leid, Zeke", sagt sie, ihre Nase abwischend, „aber ich habe mich den ganzen Abend darauf gefreut."

„Das verstehe ich."

Jemand klopft an der Tür.

„Besetzt", ruft Wendy, füllt noch einmal ihren Fingernagel und stößt ihn dann in meine Richtung. „Letzte Gelegenheit."

Mir kommen bei kleinen weißen Häufchen wie diesem viele schöne Assoziationen, aber auch viele widerwärtige. Ich glaube, so ist das Leben.

„Na gut", sage ich, „meinetwegen, der Nostalgie zuliebe." Ich beuge mich vor ...

„… Nein", schreit Susie mit gespielt melodramatischer Geste. „Tu es nicht!" Sie packt mich, während Wendy den Fingernagel zurückzieht und das Koks über ihre schwarze Lederhose verschüttet.

„Scheiße", sagt Wendy.

Susie und ich lachen. Ich habe nicht mehr als einen Vorgeschmack aufschnupfen können, doch ich nehme es Susie nicht übel, dass sie mich gepackt hat.

Erneut klopft es an der Tür.

„Besetzt", schreit Wendy, sich das Koks von den Hosen wischend und die Finger ableckend.

„Ich muss wieder raus", sage ich.

Wendy steckt das Bündel zurück in ihren Geldbeutel, wir öffnen die Badezimmertür, und da steht Bob, mit einem Lächeln, das sagen will, dass er Bescheid weiß. Wir lächeln zurück. Möge das Zähneknirschen beginnen.

Als Bob das Bad betritt, sagt Wendy, „Oh, ich hab noch was vergessen", und geht mit ihm rein, woraufhin sich die Tür schließt.

„Das hast du nicht ernst gemeint", sage ich zu Susie. „Dass du Lehrerin werden willst?"

„Ich weiß nicht. Frag mich nächste Woche."

Wenn ich auch bei Big Gun gekündigt habe, so glaube ich doch, in Wendy und Susie zwei Freundinnen gefunden zu haben. Das gibt mir ein gutes Gefühl. Vor einer Woche hätte ich mir bei diesem Gedanke vor Angst in die Hose gemacht.

„Ich muss was trinken, um das Koks auszubremsen", sagt Susie. „Es ist ein bisschen speedig." Sie trabt in Richtung Küche davon.

Ich stelle mich zu Becky und ihrer Agentin, Tina, einem Strohhalm von einer Frau.

„Ich fange langsam an, mich ernsthaft zu fragen, was ich da eigentlich tue", sagt Tina, während sie an ihrem Weißwein nippt und eine Virginia Slim raucht. „Für so ein banales Spiel arbeite ich viel zu viel."

Becky trinkt ebenfalls Wein.

„Aber nur keine Sorge", sagt Tina, „du musst dir noch keine neue Agentin suchen. Hin und wieder habe ich das Gefühl, auch etwas damit zu erreichen. Und ich mag die Steuervorteile und ..."

Ich trenne mich von ihnen, um mir in der Küche einen Drink zu holen. Susie ist weg, aber Bob und Wendy nähern sich, als ich mir einen dreifachen Whisky einschenke. Sie lächeln mich an wie Verschwörer. Bob macht zwei Gin Tonics.

„Es ist wirklich verrückt", sagt Wendy laut und schnell zu Bob. „Ich habe immer das Gefühl, dass ich um etwas betrogen wurde, weißt du, etwas, was man mir vorher versprochen hat." Wendy und ich haben dieses Gespräch schon einmal geführt.

Bob nickt, während er sich auf das Verhältnis von Gin zu Tonic konzentriert.

Ich spaziere auf der Party herum, belausche ziellos irgendwelche Gespräche und finde mich schließlich neben Susie wieder, die sich mit einem Typen unterhält, mit dem Y.J. und ich zur Schule gegangen sind.

„Du erinnerst mich an den Vater von der ‚Brady Bunch'", sagt Susie. „Das ist das Leben, das ich immer wollte."

Der arme Kerl denkt, dass sie einen Scherz macht.

Am Fenster unterhält sich Y.J. mit Mary Stuart, Noni Ryder und Scott Coffey, allesamt Teenager aus Beckys Schauspielklasse. Was immer er sagt, sie nehmen es ihm ab.

Ich frage mich, was wohl Y.J. aus seinem Leben machen wird. Zum ersten Mal wird mir bewusst, dass er ja schon dabei ist, was daraus zu machen.

Irgendein Betrunkener, den ich nicht kenne, kommt zu mir und sagt: „Swinging Party, Alter", und ich frage mich, ob er damit wohl auf das Stück von den Replacements anspielt.

Die sonnlosen Partyrituale gehen weiter, und ich bin sowohl Beobachter als auch Teilnehmer verschiedener Gespräche über die verschiedenen Beschwernisse unserer Zeit, über die Angst davor, sich zu binden und über die Angst davor, sich nicht zu binden und über die Angst vor Geschlechtskrankheiten und über die Angst vor einem bizarren Tod und über die Angst vor Verwirrung und über die Angst vor der Angst und über Verwirrungen über die Angst. All die Klassiker.

Es ist eine gute Party.

✷

Y.J., Becky und ich schleichen uns unbemerkt davon.

Die Party, so hat Y. J. es sich überlegt, wird unser Alibi sein, falls später die Behörden anklopfen sollten – „Wir konnten das Tierheim nicht verwüsten, weil wir mit zwanzig anderen Leuten auf einer Party waren", eine Idee, die er aus einem Bankräuberfilm geklaut hat.

Während wir den Flur entlangeilen, höre ich, dass auf der Anlage gerade R.E.M. läuft: „*We have hope despite the times…*" Ich frage mich, ob meinen Nachbarn diese Musik gefällt. Ich sollte wirklich herausbekommen, wer sie sind.

✷

Sobald wir auf den Parkplatz fahren, beginnen die Hunde zu jaulen.

„Die werden durchdrehen, wenn wir da reingehen", sage ich.

Voll auf die vor ihm liegende Aufgabe konzentriert, zieht Y.J. sein Werkzeug aus dem Kofferraum: Drahtschneider und Brecheisen. Zu dritt rennen wir zu einem zwei Meter hohen Maschendrahtzaun, der oben durch Stacheldraht gesichert wird. Schnell schneidet Y.J. ein Loch in den Zaun, während ich das Thema von „Mission Impossible" pfeife. Dann klettern wir durch das Loch in den Hof vor dem Hauptzwinger.

Die Käfige sind so angelegt, dass sich die ein Hälfte im Gebäude befindet, während sich die andere nach außen erstreckt. Mittlerweile bellen, jaulen und springen alle Hunde im äußeren Teil. Alle, außer Blackie, die uns mit ihren Kojotenaugen ruhig zusieht, als wüsste sie genau, was los ist. Y. J.

winkt zu ihr hinüber, läuft dann zur Eingangstür und beginnt sie mit dem Brecheisen aufzustemmen.

Becky und ich verteilen Kekse, um die anderen Viecher zum Verstummen zu bringen, doch stattdessen nimmt der Krawall noch zu.

„Ohhhhh", seufzt Becky, „schau dir mal das süße Tier an."

Becky gibt einem schmutzig-beigen Welpen, der so aussieht, als sei in ihm noch mehr Kojote als in Blackie, einige Extra-Kekse. „Wie gefällt es dir im Gefängnis?", fragt Becky.

Als Antwort macht das Tier ‚Wuff'. Becky schmilzt dahin. Sie sieht mich an, und ich weiß was sie denkt.

„Nein", sage ich.

Beckys Schmollmund gleicht dem des Welpen.

Endlich bekommt Y.J. den Haupteingang auf, und wir rennen hinüber, um ihm nach innen zu folgen. Zügig macht er sich an Blackies Zellentür zu schaffen.

Becky und ich schauen uns die Insassen an. Manche von ihnen sind ausgewachsene Mischlinge, andere sind Mischlingswelpen. Sie alle betrachten uns mit Neugier und vielleicht auch Hoffnung.

In mir erwacht irgendein atavistischer Instinkt aus seinem Dornröschenschlaf, und plötzlich möchte ich sie alle befreien, doch meine Vernunft sagt, nein, sie können nirgendwo hin. Sie werden bloß verhungern oder von rasenden Autos überfahren.

Becky geht auf die Knie und fängt an, in Babysprache auf den Welpen einzureden. „Bist du ein böser Kojote gewesen?", fragt sie.

Der Welpe wedelt bestätigend mit dem Schwanz.

Y.J. knackt Blackies Käfigtür, und sie springt in einem Satz auf ihn und besabbert ihn voller Dankbarkeit von oben bis unten.

„Lasst uns gehen", sagt Y.J.

Wir schauen zu Becky, die immer noch auf dem Fußboden kniet.

„Hast du gar keine Familie oder Freunde, die dich auslösen könnten?", fragt sie den kleinen Kojoten.

Er schüttelt verneinend den Kopf.

Y.J. überfliegt das am Käfig hängende Blatt mit den Daten. „Er wurde vor über einer Woche eingefangen", sagt er. „Wenn er nicht in ein paar Tagen abgeholt wird, ist er totes Fleisch. Das, oder Futter für Tierversuche."

„Sag ihr das nicht", sage ich.

Becky schaut mich an.

„Wollen wir wirklich ein wildes Tier, das wahrscheinlich auch noch Kojotenblut in sich hat?", frage ich.

Beckys Augen sagen ja.

„Dann befrei den Fellball", sage ich zu Y.J.

*

Wir kehren mit Blackie und dem Kojotenwelpen zurück auf die Party. Die Tiere nehmen die Aufmerksamkeit aller Gäste für sich in Beschlag und suhlen sich darin wie Debütanten.

Jemand versucht, den Welpen zu bedröhnen, indem er ihm Rauch ins Gesicht bläst, doch ich gehe dazwischen, um Vater zu spielen, und sage, es sei ein bisschen früh für ihn, um mit bewusstseinserweiternden Drogen herumzuexperimentieren.

Als ich glaube, dass das Tier für den Abend genug gefeiert hat, nehmen Becky und ich es zusammen mit Y.J. und Blackie auf einen Spaziergang mit. Die Hunde tollen in dem riesigen Sandkasten herum, sie rennen, wälzen sich und springen herum.

Blackie geht voran ins Wasser. Der Welpe versucht, zu folgen, zieht sich aber jedes Mal, wenn eine neue Welle kommt und seine Pfoten befeuchtet, schnell wieder zurück.

Kluges Kind, denke ich mir.

*

Auf dem Nachhauseweg begehe ich den Fehler, den Briefkasten zu öffnen. Es ist nur ein Brief drin, und der ist von der Lebensversicherung.

„Was die wohl wollen?", fragt Becky.

„Ich habe sie um ein paar Formulare gebeten", sage ich.

„Wofür?"

Y.J. beginnt zu pfeifen.

„Nichts Wichtiges", sage ich. „Ich zeige es dir später."

Während wir den Flur entlanggehen, höre ich Musik aus unserer Wohnung schallen. Ein Seventies-Nostalgiker hat „Goodbye Yellow Brick Road", eine meiner alten Elton-John-Platten, aufgelegt …

Wir betreten die Wohnung so unauffällig wie wir sie verlassen haben.

„Ich habe gerade nach euch gesucht", sagt Susie. „Wir spielen Bier-Roulette!"

Becky bringt den Welpen ins Schlafzimmer, und spricht dabei mit ihm, als sei er ein Gast, dem sie die Wohnung zeigt.

Susie schnappt sich Y.J. und mich. Wir setzen uns zu einer Gruppe, die einen Bier-Roulette-Kreis um Bob und Wendy herum bildet. Wie in der Russisch-Roulette-Szene in dem Film „Die durch die Hölle gehen" sitzen sich zwei mit Stirnbändern ausgestattete Spieler im Indianersitz gegenüber. Zwischen ihnen sind sechs Trident-Dosen aufgestellt. Eine der Dosen wurde kräftig durchgeschüttelt und wieder unter die anderen gemischt. Das ist die geladene Dose.

Bob fängt an und hält sich eine Dose vor den Kopf.

Die Gruppe verstummt.

Bob öffnet den Verschluss, aber außer ein paar Tropfen Bier kommt nichts heraus. Mit Schwung führt er die Dose an seinen Mund und kippt sie in sich hinein, während die Gruppe applaudiert.

Dann hält sich Wendy ein Bier vor den Kopf. Sie öffnet den Verschluss, mit demselben Resultat. Sie trinkt es viel langsamer leer als Bob, bekommt aber dennoch einen warmen Applaus.

Bob greift sich eine dritte Dose und zielt. Er öffnet den Verschluss – die Dose explodiert vor seinem Kopf –, er ist durchnässt, das erste Opfer. Die Menge applaudiert begeistert.

Bob verschwindet im Badezimmer, dicht gefolgt von Wendy.

Susie beschließt, dass Y.J. und ich die Nächsten sind. Sie schüttelt eine Dose und mischt sie unter einen neuen Sechserpack.

Becky kehrt gerade aus dem Schlafzimmer zurück, als ich mich gegenüber Y.J. hinsetze, der die erste Dose nimmt. Er richtet sie auf seinen Kopf, schließt die Augen und öffnet den Verschluss. Nichts. Er säuft sie leer, und die Gruppe applaudiert.

Ich nehme eine Dose und schaue zu Becky.

Sie verdreht die Augen.

Ich öffne den Verschluss. Nada. Ich reiche Y.J. das Bier, und der säuft es leer.

Die Menge ist begeistert von dieser Improvisation.

Y.J. nimmt noch eine Dose und öffnet sie. Wieder nichts. Er reicht mir das Bier und ich saufe es leer. Als nächstes vollziehe wieder ich die Prozedur mit einer neuen Dose. Immer noch keine Explosion. Ich reiche sie Y.J., und der verputzt sie.

Die Gruppe beginnt zu singen, „Bier-Roulette, Bier-Roulette, Bier-Roulette …".

Es sind nur noch zwei Dosen übrig. Y.J. nimmt eine und richtet sie auf seine Stirn.

Die Menge verstummt.

Y.J. öffnet den Verschluss in einer dramatischen Geste, aber wieder geschieht nichts. Ich nehme ihm den Blindgänger ab und trinke ihn langsam aus.

Der Gesang wird lauter, „Bier-Roulette, Bier-Roulette, Bier-Roulette, BIER-ROULETTE …"

Ich stehe auf und werfe Y.J.s leere Dose durch den Raum – wusch – ins Spülbecken.

Und dann ziehe ich mich vornehm zurück.

Die bierdurstige Menge reagiert auf meinen Rückzug mit höhnischem Gegröle, bis Y.J. die geladene Dose entlädt und alle vollspritzt.

„Ihr wollt Bierblut?", schreit er, „ich gebe euch Bierblut!"

Das Chaos bricht aus, als die Leute sich mit Bierdosen bewaffnen und zurückfeuern. Ich kann es kaum erwarten, morgen sauber zu machen.

Elton John singt „*I've seen that movie, too ...*"

*

Um zwei Uhr morgens sind sämtliche Partygäste gnädigerweise gegangen, allein das Durcheinander und der Gestank bleiben zurück. Becky, Y.J. und ich sitzen auf dem Futon und schauen uns ein Videoband mit einer alten „Twilight-Zone"-Folge an.

Richard Basehart und Elisabeth Montgomery spielen zwei Astronauten aus verschiedenen ungenannten Ländern, die auf einem fremden neuen Planeten gestrandet sind, weil alle Bewohner ihres heimischen Planeten in Folge eines Atomkriegs entweder tot oder mutiert sind. Anfangs kommen sie nicht miteinander klar, und Montgomery knallt Basehart sogar ein Felsstück an den Kopf, aber irgendwann bekommen sie es geregelt. Richard Baseharts Figur heißt Adam. Elizabeth Montgomerys Figur heißt Eva. Die beiden beschließen, ihren fremden neuen Planeten Erde zu nennen.

Danach beschweren wir uns wie gewöhnlich darüber, wie oberflächlich die neuen Folgen von „Twilight Zone" und „Amazing Stories" sind und schalten dann die Stereoanlage ein.

*

Es läuft mein Lieblingsstück von den alten Bowie-Platten: „*Though nothing, nothing will keep us together, we can beat them, forever and ever, we can be heroes ...*", und ich habe meinen Arm um Becky Schultern gelegt und fühle mich gut und denke mir, dass ich irgendwann für diesen Song zu alt sein müsste, frage mich dann aber, ob das jemals der Fall sein wird.

„Fidelis ad urnam", sagt Y.J.

Ich nicke.

„Weißt du noch, was das bedeutet?", fragt Y.J.

„Nein."

Y.J. zwinkert mir zu, und ich weiß, dass er morgen früh fort sein wird. Dann kann er das Leben von irgendjemand anderem aufmischen.

*

Irgendwann nach drei Uhr früh scheint der Vollmond genau in unser Schlafzimmer, und Becky und ich stehen am offenen Fenster und schauen hinaus. Wir hören das vertraute Donnern und Zischen der Wellen in der Ferne.

Ich rauche eine, und sie hält die Papiere der Lebensversicherung in der Hand, die ich ihr während meiner Beichte gezeigt habe.

„Du hättest es doch nicht wirklich getan", sagt sie.

„Ich weiß es nicht."

„Wie?"

„Ich habe ernsthaft daran gedacht, mich zu ertränken, aber ..."

„Wie konntest du nur nicht mit mir darüber reden?"

Pause.

„Was ist nur in deinem Kopf vorgegangen, Zeke?"

Ich starre weiter aus dem Fenster. „Ich weiß nicht, ob ich das in Worte fassen kann."

„Was zum Teufel hast du dir dabei gedacht?"

„Ich glaube, es war mehr ein generelles Gefühl."

Ich spüre ihren Blick auf mir.

Ich beginne zu reden: „In der Nacht, in der wir meinen Geburtstag feierten …" Ich erzähle ihr die ganze Geschichte. Was ich gesehen und gefühlt habe, und die Dinge und die Pest und so weiter. Ich bemühe mich die Wahrheit zu sagen, aber auch zusammenzufassen, weil ich weiß, dass sie intelligent ist und die Lücken selbst ausfüllen kann. Trotzdem wird es draußen hell, als ich fertig bin.

Sie hat in der ganzen Zeit kein einziges Wort gesagt.

Und nun starrt sie mich an, als wäre ich verrückt.

„Es kam mir nicht wie eine so große Sache vor", sage ich, während ich mir noch eine Camel anzünde.

„Dich umbringen? Das kam dir nicht wie eine so große Sache vor?"

„Darauf läuft es doch ohnehin für uns alle hinaus", sage ich, „Ich dachte, ich würde nur einen Kopfsprung machen."

„Herrgott noch mal, Zeke." Sie schüttelt den Kopf. „Was dachtest du, würde passieren, wenn du stirbst?"

„Keine Ahnung", sage ich. „Ich glaube, das war ein Teil des Reizes."

„Und du hast gedacht, ich würde sagen ‚Schade um Zeke, aber zum Glück hat er mir ein bisschen Geld hinterlassen'?"

„Nicht wirklich", sage ich, „aber ich dachte, du könntest es gebrauchen. Das Geld."

„Und wie steht es mit der Schuld?"

„Ich wollte einen Brief hinterlassen, der dich von jeder Schuld freisprechen sollte."

Becky sieht aus, als hätte sie gute Lust, mich umzubringen. „Was für ein beschissener Brief hätte mich freisprechen können?", fragt sie. „Hältst du dich für einen so guten Autor?" Sie schüttelt den Kopf. „Und was also sollte dieser großartige Brief enthalten?"

„Ich weiß nicht", sage ich. „Ganz so weit bin ich nicht gekommen."

„Wie kommst du auf solche Gedanken?"

„Weiß nicht."

Pause.

„Aber es hat uns hierher gebracht", sage ich.

„Wohin? Wo wir jetzt stehen? Ich habe einen arbeitslosen, suizidalen Freund."

Ich muss lachen, Becky aber nicht.

„Du hättest das nicht wirklich getan, Zeke?" Ihre Stimme hat sich ein wenig verändert.

„Ich wollte es nicht wirklich tun", sage ich. „Ich habe nach einem Grund dagegen gesucht."

„Und?"

„Und was?"

„Du hast nicht gesagt, ob du einen gefunden hast."

„Ja."

„Was?"

„Was?"

„Was ist es? Was hält dich vom Selbstmord ab?"

„Das habe ich dir doch gesagt."

„Wann?"

„Ich habe dir die ganze Geschichte erzählt. Alles. Na ja, vielleicht abgesehen von den Stellen, die ich dir nicht erzählt habe, aber das wäre dann nur noch mehr von dem, was ich dir schon erzählt habe."

Pause.

„Ach, und hey", sage ich, „die Suche geht weiter, oder?"

Becky runzelt die Stirn. „Du meinst, dir fällt wirklich kein Grund ein, es nicht zu tun …"

„Ich meine nur, ich komme jetzt darüber hinweg, wo ich wenigstens wieder an etwas glauben kann."

„Woran?"

„Woran?"

„Ja, woran?"

„Tja, an dich und mich, unter anderem. Ich kann es wirklich nicht ganz in Worte fassen."

Sie seufzt. „Du solltest meinen Namen hier eintragen, als Begünstigte", sagt sie, mit den Versicherungsformularen herumgestikulierend. „Für alle Fälle."

Beinahe lächelt sie, und ich muss lachen.

Ich schnipse meine Zigarette aus dem Fenster und sehe zu, wie sie durch das Dunkel trudelt, und als sie auf dem Bürgersteig landet, explodiert die restliche Glut in einen kleinen Regen aus verlöschenden Funken.

„Du warst gut heute Nacht", sage ich.

Sie schaut zu mir.

„Du hast das Tierheim überfallen wie eine echte Kriegerin", fahre ich fort. „Und du bist ziemlich souverän mit Wendy und Susie umgegangen."

Sie starrt mich nur an.

„Ich erzähle dir nie viel", sage ich. „Über meine Gefühle. Aber ich bewundere dich wirklich, weißt du."

„Ich will nicht, dass du mich bewunderst", sagt sie. „Ich will nur, dass du mich verstehst."

Da ich nicht weiß, was ich sagen soll, probiere ich es mit: „Es tut mir Leid."

Sie schweigt.

„Möchtest du mich umbringen", frage ich.

„Nein."

„Mich zusammenschlagen?"

„Nein."

„Mich verstümmeln?"

„Nein."

„Soll ich dich fesseln?"

Sie lächelt, und ich fühle mich viel besser.

Doch plötzlich schlägt mein Gefühl um und ich fühle mich erschöpft, zerschlagen, fast wird mir übel. „Gott, es tut mir Leid", sage ich.

„Ich weiß."

Und plötzlich halten wir uns aneinander fest, und ich muss fast weinen und fühle mich deswegen ein bisschen albern, und da fällt mir ein, dass ich seit Jahren nicht mehr geweint habe, was mich ein bisschen zum Weinen bringt, und als mir das auffällt, muss ich lachen, und Becky lacht auch, und dann küssen wir uns.

„An meinem Bein versucht ein Kojote hochzuklettern", sage ich und löse mich von ihr. „Hoffentlich ist der nicht undicht."

„Schau ihn an", sagt Becky.

Der Welpe wedelt, um Aufmerksamkeit heischend, mit dem Schwanz.

„Als ich etwa sechs war, hat mir meine Mutter einen Welpen geschenkt", sage ich. „Ich war zu jung und zu verantwortungslos, um ihn zu füttern, darum hat meine Mutter all diese Aufgaben übernommen. Natürlich mochte er deshalb meine Mutter lieber als mich. Also habe ich ihn mit in den Keller genommen und in den Wäschetrockner gesteckt – einen von diesen große alten Trocknern mit Fenstern. Ich habe dabei zugesehen, wie der Welpe sich immer wieder und wieder herumdrehte, bis es mir langweilig wurde. Ich hatte keine Ahnung, was das zur Folge haben würde."

Becky ist bestürzt. „Ist er gestorben?"

Ich erwäge, ihr zu sagen, dass er nicht gestorben ist, dass er hinterher nur ein bisschen benommen war.

„Natürlich ist er gestorben", wird ihr klar. „Warum erzählst du mir das?"

„Damit du mich nicht darum bittest, den Kojoten zu waschen."

Becky schüttelt den Kopf und lacht dann. „Ich liebe dich."

„Ich weiß."

Sie verdreht die Augen. „Zeke."

„Ich liebe dich auch."

„Ich weiß."

Wir sehen uns an und schauen dann aus dem Fenster in das smog-blaue Licht des herannahenden Sonnenaufgangs. Ich greife nach ihrer Hand und halte sie fest. Der Kojote springt an ihrem Bein hoch.

„Lass uns mit ihm rausfahren", sagt sie.

„Jetzt?"

„Warum nicht?"

Wir gehen beide auf die Knie, um mit dem kleinen Wesen zu spielen. „Wir leben in einer verrückten, kranken Welt", sage ich zu ihm. „Jag nie den Autos nach."

Das Tier scheint zu verstehen.

Bereits erschienen

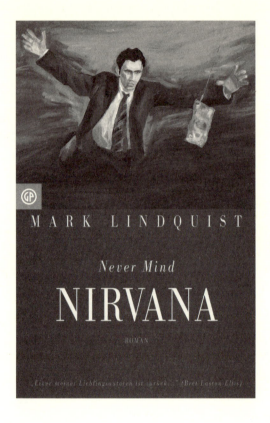

„*Einer meiner Lieblingsautoren ist zurück …* " Bret Easton Ellis

Pete Tyler, 36 Jahre alt, Ex-Sänger einer Grunge-Band und Staatsanwalt in Seattle, hat es nicht besonders eilig, erwachsen zu werden. Lose Beziehungen und durchfeierte Nächte bestimmen sein Leben. Doch werden die Phasen schmerzvoller Einsamkeit allmählich länger. Pete beschließt zu heiraten. Er weiß nur noch nicht wen. Ein Vergewaltigungsfall auf seinem Schreibtisch führt in seine alte Welt und stellt ihn vor die Entscheidung, seine Jugend endlich aufzugeben. Dabei stellt er sich immer wieder die Frage: Bin ich für ein glückliches Leben geschaffen?

Einer meiner Lieblingsautoren ist zurück mit einer einzigartigen und wunderschön erzählten Geschichte, deren Tempo derart fesselt, dass es unmöglich ist aufzuhören, wenn man einmal zu lesen begonnen hat.
Bret Easton Ellis – Autor von American Psycho

Herz genug, um zeitweilig zu berühren und sehr oft zu amüsieren.
New York Times

Tiefenscharf und warmherzig.
Rolling Stone

Ein Buch, vielleicht so wichtig wie High Fidelity.
Visions

Mark Lindquist
Never Mind Nirvana
288 Seiten
ISBN: 3-936281-02-5
€ 11,80/ CHF 17,50

Weitere Titel im Programm

A.C. Weisbecker
Cosmic Banditos

Ein ehemaliger Drogenschmuggler auf der Suche nach dem Sinn des Lebens. Ein durchgeknalltes Vergnügen voller Humor, Drogen und Quantenphysik.

Pulp Fiction mit Tropenfieber, allerdings 8 Jahre älter.
Lopillo

Cosmic Banditos ist einfach einzigartig.
John Cusack

Eine verrückte Jagd im „Road-Movie"-Style.
Uncle Sally's

ISBN: 3-936281-00-9
€ 11,80/ CHF 17,46
Paperback – 208 Seiten

A.C. Weisbecker
Auf der Suche nach Captain Zero

Die abenteuerliche Suche nach einem in Zentralamerika verschollenen Freund gerät zu einer Suche nach sich selbst, wenn Weisbecker unterwegs sein Leben als Wellenjunkie und Drogenschmuggler Revue passieren lässt.

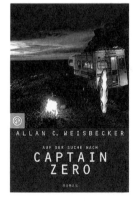

Auf der Suche nach Captain Zero hinterlässt in uns das Bild entzückender Freiheit wie bei Jack Kerouacs „On the Road".
Los Angeles Times

Wir durchleben 35 Jahre persönliche Surf-Geschichte, haarsträubende Drogendeals und in jedem neuen Land ein neues Abenteuer. Von Spot zu Spot berauschen wir uns mehr an den Wellen und der Geschichte, bis wir dann tatsächlich selber infiziert sind.
Surfers

ISBN: 3-936281-01-7

€ 12,00 /CHF 17,50

Paperback – 432 Seiten

Dan Fante
Chump Change
Aus einem verschütteten Leben
Mit 13 Illustrationen von Tom Wöltge

Autobiografisch schildert Fante drei Wochen seines turbulenten Lebens. Nach diversen Aufenthalten in Entzugskliniken und Selbstmordversuchen ist er nach L.A. gekommen, um seinen Vater auf dem Sterbebett zu besuchen. Dabei gerät er von einer Katastrophe in die nächste.

Momente, die den Genius von Bukowski und Hubert Selby streifen.
Elle

Eine rohe, ehrliche und traurige, mit lebhaften Details erzählte Geschichte.
L.A. Weekly

…harter, unschöner, nicht drum herumredender Realismus.
taz

ISBN: 3-936281-03-3

€ 13,80/ CHF 20,90

Hardcover – 208 Seiten

www.german-publishing.de